AINSI PLEURENT NOS HOMMES

Née au Burundi, d'une mère rwandaise et d'un père belge, Dominique Celis a passé son enfance au Rwanda, son adolescence au Congo-Kinshasa, puis vingt ans en Belgique, où elle a été agrégée en philosophie. Elle vit au Rwanda depuis dix ans. *Ainsi pleurent nos hommes* est son premier roman.

DOMINIQUE CELIS

# *Ainsi pleurent nos hommes*

ROMAN

PHILIPPE REY

L'autrice adresse un chaleureux merci à la résidence d'écriture Afrique-Haïti 2019, Alca – Nouvelle-Aquitaine pour son soutien.

Les mots expliqués en note de bas de page
sont aussi à retrouver dans le glossaire en fin d'ouvrage.

Dominique Celis est représentée par l'agence Catherine Nabokov
et l'agence Ariane Geffard.


ISBN : 978-2-253-24345-8 – 1re publication LGF

Kigali, mardi 2 janvier 2018

Lawurensiya,

— Lâche prise et arrête de vouloir le posséder ! disais-tu.

Nous discutions au téléphone.

— Écris-lui, as-tu ajouté. Ou écris sur lui. Exorcise ça de ton corps. Vite !

Je t'ai écoutée.

Sur près de cent vingt pages, police douze, caractère Times New Roman, je me suis adressée à lui.

Extraire de moi *cette chose*.

Provisoirement, appelons-la *une dévastation*.

Écrire me dépeçait. Au sens strict, je me faisais hara-kiri.

J'ai arrêté.

Une année s'est écoulée.

Ça ne passait pas, Lawurensiya. Sur ma peau, rien ne s'est effacé.

J'ai besoin de quitter cette zone de transit, entre le vide et le néant.

Je vais te craboutcha des lettres, ma sœur.

Procéder à ta manière :

— Contextualise, Erika. Donne-moi des éléments de compréhension, s'il te plaît.

Puis je partirai à la recherche d'un endroit. Juste fréquentable.

Je vais quitter le Rwanda.

La putréfaction des cœurs est en train de me gangrener.

Je veux vivre, moi !

J'ai le corps habité de cadavres.

Les nôtres bien sûr. Pas uniquement les génocidés.

Les défunts des autres, aussi.

De la mère. Surtout.

Des familles associées. Des proches. Des amis. Des amants.

Des siens.

Des inconnus rencontrés au fil du hasard dans les bus, les cabarets, les commerces.

Dans les soirées. À la maison.

Les ondes de tous ces gens… Leurs morts finissent par me squatter.

Faut que je parte, Lawurensiya.

Que je m'arrache de ce cimetière en pleine explosion capitaliste.

Le *miracle économique rwandais*, enragent-ils.

Ni coup de chance merveilleux ni prodige.

De la pure conscience.

Trente-cinq ans de violence par Caïn, ça schlague la volonté.

D'insectes, leur alchimie de haine nous a métamorphosés en bâtisseurs stratèges.

Notre vrai holocauste, c'est d'espérer humaniser Caïn. C'est d'encore toujours les aimer.

Lawurensiya, ça t'insupporte, hein, ce propos ?

Il fallait les exécuter !

*Pas de vengeance !* ont imposé les guérilleros d'hier, nos *Inkotanyi*[1]. *Construisons notre pays !*

Ils ont eu raison. Les Mille Collines sont florissantes.

*Un véritable laboratoire, ce pays !* s'extasient les chercheurs étrangers, enquêtant sur nos méthodes et nos succès, remarquables.

*Tout ça*, je ne t'en parlerai pas. Tu as accès à l'information.

*Tout ça*, c'est le réel, palpable, et nos mascarades, impalpables, d'unité et de réconciliation.

Désormais, on est tous des Rwandais dèh !

---

1. Soldats de l'Armée de libération pendant la période du génocide des Tutsis (1990-1994).

Kigali, mercredi 3 janvier 2018

Lawurensiya, écoute-moi,

Je vais te raconter mon fracas.

J'ai tourné en rond jusqu'à cet instant où je t'écris. Entre rires et larmes, je lui en ai tellement voulu.

L'équation était simple.

On s'aimait.

J'attendais d'emménager dans ses bras.

Il s'est brusquement rétracté.

— J'ai peur ! avait-il avoué à un proche. Ça n'a rien à voir avec les sentiments. Ce n'est pas ça. Je ne vais pas la rendre heureuse. Je le sais. Ça me ravagera.

Les sentiments, il ne les a pas nommés. Toi, tu qualifiais son renoncement de lucide. D'aimant. Voire, de sacrificiel. Je rêve !

— Il veut te protéger de lui, Erika.

Tu étais en Françafrique, au resto avec Simon, ton mari.

Je suis devenue folle.

— C'est quoi cette position de merde contre la vie ? ai-je crié. Comment ça, il a peur ? Peur de quoi ? En nonante et un, quand il a rejoint la guérilla, il n'y avait pas de flingues pour tous ! Il y est allé la lame au poing !

Ta voix s'est cassée.

Tu m'as lapidée de ce fameux *Lâche prise et arrête de vouloir le posséder !*

Je me suis tue.

## Kigali, jeudi 4 janvier 2018

Tu avais raison, Lawurensiya.

Nous sommes en janvier 2018. Je reviens vers toi. Comment aurais-je pu comprendre ?

Chacun de ses retours à Kigali, il les passait chez moi. Stationnement interminable sur la terrasse. Bières. Cigarettes. Rien n'avait changé. Jusqu'à ce soir d'il y a deux ans où il a déserté mon corps. Sans rien verbaliser.

Je m'en souviens.

Je faisais une pédicure à l'hôtel Umubano. Tu connais. C'est l'ancien Novotel à Kacyiru. Je lui ai textoté. *On fait quand l'amour ?* Sa réponse… *Ah ça !*

Cessons le bla-bla-bla. Il ne voulait pas de moi dans son existence. Point.

La vérité était si nue entre nous. Elle l'oppressait.

Laisse-moi tenter de l'énoncer. Sinon je vais crever, Lawurensiya.

Rappelle-toi, le témoignage d'Esther Mujawayo, *La Fleur de Stéphanie*. Rappelle-toi, ton bouleversement à sa lecture. Rappelle-toi, sa conviction. Pour supporter de revivre ici au Rwanda, chacun de nous doit revenir à soi et se réconcilier avec lui-même.

— Qu'est-ce que ça signifie ce bazar ? ai-je souvent demandé à Esther. En quoi devrais-je me réconcilier avec moi, bon sang !

Elle me regardait. Impuissante.

C'est exactement cela. Rentrer vingt ans plus tard au pays, en pleine effervescence exaltée de la Reconstruction, c'était découvrir que, dorénavant,

Le passé est devant soi.

Ce fait, jamais je ne l'avais anticipé.

J'avais envisagé des tas d'aspects. Pas les grandes retrouvailles,

Avec l'enfance. Les parents. La famille. Les amis.

La plupart d'entre eux envasés, machettés, dans les algues du lac Kivu.

La plupart d'entre eux incorporés, machettés, à la latérite brune des collines.

Ces retrouvailles, c'est la rencontre avec le néant.

Le néant. Ce chef-d'œuvre des assassins,

Des bourreaux des complices,

De leur communauté, aux mains presque propres. À la langue et aux yeux pestilentiels pour n'avoir ni désavoué ni empêché.

Rétamage de notre ADN.

Le trou, la béance, le gouffre. Fais ton marché !

Ose, laisser échapper un haut-le-cœur.

Ils régurgitent la rhétorique officielle d'unité nationale. Ou te menacent de recourir à l'État, à la Loi.

Ils ont soldé les comptes avec la société, ma chère.

Dans ce mouvement, incarcéré nos peines à perpète.

Tel est le génocide.

Quelque chose a eu lieu, qui n'a pas de lieu.

Seule, une inscription insaisissable dans le corps. Là où le crime s'est ancré.

## Kigali, dimanche 7 janvier 2018

Lawurensiya. Au commencement était la Chair.

En bouche-à-bouche, à force, on a déshabillé nos mots, nos retenues, nos intimités.

La brûlure de ses doigts sur moi, un jour, je l'ai sentie. Je te jure !

On a fusionné.

Qui dit fusion, dit dissolution, absorption de l'un dans l'autre.

Devine qui s'est fondu dans le corps de l'autre ? Jusqu'à disparaître ?

Lawurensiya, voici le récit de cette combustion.

C'est parti…

Les présentations.

Il était une fois, Vincent.

Fiche technique – je reprends le modèle de nos débriefings de crise.

Sexe : Bouleversant.

Mensuration : Honorable.

Espèce : Locale. Un Rwandais.

Description : 1 m 89 de cuir imberbe et de joue glabre. Crâne rasé. Yeux noir velours. La panoplie, à la coloniale : front large, nez fin, attaches délicates, corpulence normale tendance grassouillette. Bouche, inexploitée. Mâchoire, un peu prognathe.

Âge : 45 ans. Né le 22 janvier 1972.

Activité professionnelle : Représentant commercial, pour l'Afrique subsaharienne, d'une entreprise textile turque basée à Istanbul.

Profil : Seul rescapé de sa famille. Guérillero *Inkotanyi*. A intégré la rébellion armée, du 23 janvier 1991 à la victoire, le 4 juillet 1994.

Insolite : Dialysé au waragi[1] pur. Gros fumeur. Pour un Rwandais, a de l'autodérision.

Mantra : *Tu es une femme mariée.*

Connexion : Dans ma vie depuis dix ans. De 2008 à maintenant, ici au Rwanda, en cette année 2018 d'écriture.

État civil : Divorcé, en 2002. Un fils de 20 ans.

À débattre entre nous : Tout.

1. De *war gin* : gin frelaté originaire d'Ouganda.

Kigali, vendredi 19 janvier 2018

Lawurensiya, si tu meurs je te tue.

Je te dois le récit écrit de la mise à mort des Tantes. Quatre fleurs délicates et sublimes.

Gaudence. Dévota. Ansila. Daphrosa.

Tu disais être incapable de m'entendre te confier leur agonie.

Je vais faire de mon mieux. Pour ne pas souiller une seconde fois les Tatas, pour ne pas les salir avec des mots ordinaires, je recourrai à la métaphore florale.

Ce récit de l'assassinat des Tantes, je l'ai eu pile un mois après mon retour au pays,

Le dimanche 27 janvier 2013.

Je vais dérouler lentement cette journée. Étape par étape. L'appel à Maman, à Bruxelles. La rencontre fortuite avec Félix, notre ancien domestique. La nuit, à Kayonza.

Vincent était au Rwanda, à la maison. Je m'étais donné congé.

Ce jour-là, nous avions prévu de quitter la capitale pour une semaine d'excursion dans la province de l'Est, dont deux jours au parc de l'Akagera.

Tu me connais, je suis matinale. Dès 8 heures, j'étais prête ! Toilette faite et petit déjeuner sur un plateau. Je savourais une théière sur la terrasse. L'air était doux. Les oiseaux sifflotaient. La bonne chantait dans la cuisine. Vincent était réveillé. Il traînait au lit. Nous n'étions pas pressés. J'en avais profité pour tresser à l'indienne ma masse chevelue. La journée s'annonçait belle. Le ciel était dégagé et lumineux. Il faisait chaud. Je portais un short en jean assez court et un débardeur dans des tons jaunes.

Par une fenêtre ouverte, j'entendais Vincent se doucher.

C'était le 27 janvier 2013. La date anniversaire de naissance du frère. Il aurait eu quarante-quatre ans.

J'ai appelé Maman.

— Oui, ma fille. Tout va bien.

Nous avons papoté quelques minutes et raccroché. J'ai allumé une cigarette en pensant à lui. Il se définissait exclusivement rwandais, eh bien ! Plus moyen de lui échapper. J'ai mis une casquette pour protéger mes nattes et je me suis étendue dans le canapé, cap sur le passé.

Le frère, c'était mon immunité.

Son incantation : *Je les tuerai tous*. Depuis quand la proférait-il ?

La première fois, je crois, c'était à l'occasion de l'incident survenu au centre-ville de Kigali, une fin de matinée. La mère était venue me chercher en classe, à l'école belge, pour m'accompagner chez le dentiste. J'étais en troisième primaire. En 1983. Elle avait promis de préparer des beignets, si je me tenais bien. J'ai été brave. Nous avons fait un saut au marché central, pour acheter des légumes et de la farine.

Il y a eu ce propos du vendeur.

— C'est la vôtre, cette mignonne ?

Je me suis collée à elle. Elle portait une longue robe beige avec une grosse ceinture en cuir brun à la taille. Elle était en train de ranger les emplettes dans un sac. J'ai serré son avant-bras. Je la gênais dans ses mouvements.

— Oui, merci, a-t-elle répondu en se concentrant sur les courses.

Elle était embarrassée. Tu la connais avec les compliments… Elle a pris ma main.

J'observais le marchand. Il a dit avoir une question.

— Oui ? a souri Maman.

— Comment un chien et une *inyenzi*[1] ont-ils pu engendrer un si joli enfant ?

Elle a salué courtoisement et nous sommes parties.

— Ça veut dire quoi, Maman ? ai-je sautillé à côté d'elle, soudain surexcitée.

— N'écoute pas ! C'est sale ! Il est malade.

Quelque chose d'imperceptible s'est modifié. Elle n'était plus la même. Je ne sais pas… Des doigts évanescents dans une main absente. Je me souviens avec précision du métal de sa bague contre ma paume, la topaze jaune carrée. Elle avançait, impassible. J'ai voulu savoir. Je l'ai provoquée.

— Je demanderai à Papa ! C'est un docteur ! Il connaît toutes les maladies, même celles des chiens, des *inyenzi* et des engendrés.

1. « Cancrelat », « cafard ». Terme utilisé pour déshumaniser les Tutsis.

— Ah, non ! Ne dérange pas ton père avec des stupidités !

Maman et moi sommes rentrées à la maison. Je ne sais plus s'il y avait cours l'après-midi. Le père vous ramènerait, le frère et toi, pour le déjeuner. Je t'ai attendue, assise par terre, devant la porte de ta chambre. Déterminée à te révéler un secret, si tu m'expliquais la signification d'*engendrer* et *inyenzi*.

— Où as-tu entendu ça, Erika ?

J'ai tout balancé d'une traite.

— Quoi ! t'es-tu exclamée.

Le frère a surgi, agacé.

— Vous êtes sourdes ou quoi ? À table !

Il s'est radouci.

— Y a quoi ?

Je vous revois. Ton explication. La contraction de sa mâchoire. Son injonction menaçante à me taire.

— Erika, ce sont de très gros mots. Si tu racuspotes auprès de Papa, il tapera un scandale au marché. Ce sera compliqué pour Maman, après. Tu comprends ?

Non, je ne comprenais pas. *Inyenzi*, *engendrer*, était-ce grave ? C'était ma faute ?

Le frère avait quatorze ans. Toi, onze. Moi, huit. Vous étiez mes idoles. Je me tairai.

L'aîné m'a tenue par la nuque pour me pousser vers la salle à manger. Au niveau du chambranle, il m'a attirée contre lui.

— T'inquiète, petite ! Je suis là. Je les tuerai tous.

Les pas de Vincent ont interrompu mes pensées. Il m'a souri et tirée par les chevilles. Il était détendu. Beau, dans une chemise à manches courtes et carreaux sur un jean ajusté. Nos yeux se sont croisés. J'ai eu une boule au ventre d'émotion. Je me suis redressée.

— Un café, Vincent ?

— Un thé, dans ta tasse. Reste près de moi.

Nous avons mangé des toasts au fromage et ensuite démarré.

À cinquante kilomètres, à l'entrée de Rwamagana, à la station-service à droite, Vincent s'est arrêté pour faire un plein d'essence. Lo, imagines-tu la probabilité ? Si Vincent avait choisi la station de gauche, jamais je ne serais tombée sur Félix. On est descendus du véhicule. Lui, pour ouvrir le réservoir. Moi, pour des achats à la boutique. J'ai entendu Vincent rire avec le pompiste. Tu sais, Vincent, il est taquin.

Ce rire…

En revenant vers eux, je l'ai vu. Il m'a vue. Félix.

C'était la première fois, depuis.

Il n'avait pas changé. Dans son bleu de travail. Petit, très foncé, baraqué. Un visage carré, un nez épaté, des yeux vifs et un large sourire.

Vincent était appuyé contre la voiture. Il me tournait le dos. Il a allumé, au ralenti, une cigarette. Là, à côté du carburant. Il s'est retourné d'un bloc vers moi.

Son regard.

Des étoiles éteintes.

Il avait compris. Immédiatement.

Félix a bégayé. *Si ravi de te revoir*, répétait-il en rangeant le piston.

Vincent est venu vers moi à grandes enjambées. Félix aussi s'est approché. Le domestique de naguère voulait m'étreindre.

J'ai reculé. Vincent m'entravait. Il me poussait vers Félix, d'une pression ferme sur les omoplates. Alors je l'ai salué à la traditionnelle, en se tenant par les épaules, ses doigts sur ma peau.

— Tu ressembles tellement à ton père, a constaté Félix, ému.

Obséquieux, il s'est adressé à Vincent.

— J'ai travaillé longtemps pour la famille d'Erika. Elle était bébé. C'était vraiment ma famille. On a perdu beaucoup.

Vincent et lui se sont tapé dans la main, ensuite poing contre poing, dans une gestuelle virile, presque chaleureuse. Conforté par l'attitude de Vincent, Félix s'est enhardi, gentil.

— Tu es diaspora ? Tu étais à l'étranger pendant la guerre ?

— Au front.

Lawurensiya, la terreur dans les yeux de Félix. Ô jubilatoire ! Tu comprends, moi, l'hybride de chien et d'*inyenzi*, c'était caca. Mais l'*Inkotanyi* là, l'ancien guérillero, le rescapé, le témoin de tout, fallait pas la lui ramener !

— Ferme ta pompe, a ordonné Vincent en lui tendant de l'argent. Apporte des bières ! Je vais garer à l'ombre, je t'attends. On va causer. Faire connaissance quoi…

— Merci *Afande*[1], je me dépêche, je suis honoré.

Félix tremblait. Les billets lui ont glissé des mains. Il suait. Ruisselait comme les chutes de Rusumo, à cent kilomètres de là.

1. Appellation respectueuse à l'adresse d'un militaire ou de celui-ci envers sa hiérarchie.

Il était près de 11 heures. Il faisait chaud, malgré un petit vent.

Vincent a sorti la banquette arrière du 4×4 et le pneu de rechange. Il les a disposés sous un arbre, à deux mètres du véhicule. Félix est revenu en courant, boissons enveloppées dans un torchon. Il l'a récupéré ensuite pour essorer sa nage aux tempes et au cou – il allait se noyer. Je me suis assise sur le divan de fortune. Vincent sur la roue. Il a décapsulé les bières avec un briquet.

— Je te cède la place près d'Erika puisqu'elle t'a tant manqué.

Félix bafouillait. Vincent a embrayé la conversation par des considérations touristiques sur la région.

— Le lac Muhazi, quoi de neuf? De nouvelles infrastructures?

À la deuxième bière, l'ancien domestique s'est ressaisi.

Vincent s'est écarté.

— J'arrive. Un appel à passer.

Il est retourné dans la bagnole. On l'entendait se marrer… J'ai ouvert d'autres Primus pour Félix. Je me suis abstenue de boire, par crainte de désinhiber ma rage.

— C'est bien de te retrouver, Félix. Tu sais combien tu as compté pour moi. Je te suis reconnaissante d'avoir été une nounou prévenante. D'avoir été un gardien et un jardinier serviable. Ça fera plaisir à Maman et Lawurensiya d'apprendre que tu as une bonne vie avec Catherine et les enfants. Parle-moi des affaires des Tantes, on est entre nous, sans *Afande* Vincent.

C'est comme ça que j'ai su.

Pour me narrer l'assassinat des Tantes, Félix s'est assis sur le pneu, dos à Vincent.

Pendant qu'il prenait place, je me suis souvenue… Personne, jamais, n'osait critiquer Félix devant moi. C'était un fait, insupportable pour le frère et la mère : Félix, je l'aimais.

Je l'ai écouté plus de trois heures. Posant de rares questions, pour recouper les témoignages des survivants. Je n'étais pas consciente du temps qui s'était égrené. Je n'ai pas de montre et mon téléphone se trouvait dans mon sac, dans le coffre. Vincent était passé côté passager, pour sommeiller, siège incliné.

Lawurensiya, respire.

Voici le récit de la mise à mort des Tatas.

Kigali, samedi 20 janvier 2018

Lawurensiya. La famille.

Pulvérisée par leur orgasme.

Lawurensiya, une question me maltraite.

Si jouir c'est être touché dans l'être, chez eux, le plus intime, à quoi ça correspond ?

Vois, nos plus belles fleurs. Les Tatas. Gaudence, Dévota, Ansila et Daphrosa.

L'effeuillage de leur marguerite. Se servir asservir,

Pour détruire.

C'était insuffisant.

Eux, leur nécessité, c'était l'être,

Entier.

Affects, sens et imaginaire,

Les saturer à satiété pour écœurer la vie.

Un pied de dingue ils ont pris.

L'heure était à la revanche.

Rappelle-toi, Lo. Depuis le décès de notre grand-mère, Tante Gaudence était l'autorité de la famille. Aînée de sa fratrie, elle avait recueilli dans son foyer ses trois jeunes sœurs, nos Tatas.

Dieudonné, le fils d'un cultivateur hutu aisé, était amoureux de Dévota. Ils flirtaient en cachette.

Cela se savait. Tata Gaudence tolérait la situation. Faisait semblant de l'ignorer. Elle avait néanmoins clarifié auprès de ses sœurs son désaveu catégorique de mésalliance ethnique. Il n'y aurait aucune exception. Tata, elle n'a pas oublié les persécutions de novembre 59.

Trois ans avant le génocide, les hommes de la famille de Dieudonné, en tenue d'apparat, se sont présentés au portail de Tata Gaudence. Ils ont sollicité une audience pour introduire une demande en mariage. Tata ne les a pas reçus. Elle avait mandaté Félix pour les chasser, scandalisée par l'audace.

Le 7 avril 1994. La même délégation s'est rendue chez Tante Gaudence.

Le voisinage, amassé dans l'entrée de la parcelle, attendait Dieudonné et ses proches.

L'amoureux éconduit a enchanté les spectateurs.

C'est vrai, toutes ces années de tensions, à ressasser l'humiliation publique,

Libido à cran,

D'arrêt,

À patienter le signal, le feu,

Roquetté par Caïn la nuit du 6 avril 1994.

*Tout le monde en position de tir*[1]

Les gars du quartier, les voisins, les amis d'hier,

Ils ont ligoté les Tantes, nues, aux montants d'acier de la clôture, chevilles encordées les unes aux autres. Les bonnes copines, Goretti, Immaculata et autres Ingabire, elles suivaient leurs hommes pour

1. Koffi Olomidé, album *Loi*.

dépiauter les Tatas, distribuer gifles et commentaires hilarants.

Dieudonné a vociféré à Félix d'apporter les outils jardiniers de ce chien de Blanc, notre père. Félix s'est empressé. Il a rappliqué avec une brouette remplie. Il a recommandé le sécateur. Félix savait que Dieudonné se réservait la Gaudence. Félix a justifié sa sélection. *Elle était si mince, le coupage des os serait approprié. Le sécateur, vois-tu Erika, c'est un instrument très important, c'est pour les Blancs ou les patrons.*

Félix s'est fait plaiz…

Il en voulait aussi à Tante. Il était gardien de jour et jardinier. Elle avait reçu de son beau-frère un sécateur de Belgique. Plusieurs fois, *Dokiteri Yohani*[1], Papa, a montré au domestique comment procéder. C'était évident, mais ça ne marchait pas avec Félix, un truc infernal ! Excédée, Tante Gaudence l'a injurié devant ses sœurs, les Tatas. *Idiot ! Quand capteras-tu que cet outil s'emploie de la main gauche ?*

Le sécateur ergonomique à poignée tournante pour gaucher. Je vois d'ici le père à son magasin Brico à Bruxelles ! Il essaie l'engin, enthousiasmé par la nouvelle formule sécurité, pas de risques pour les gamins. Et puis, notre légendaire distrait oublie de l'acheter en modèle droitier.

Au cabaret, jadis, Félix avait accusé la famille de l'humilier. Gaudence, de chercher à le rabaisser. Autour de la bière, il déclenchait les rires. *Y a-t-il aussi deux versions pour le râteau, la bêche et la pelle ?*

---

1. *Dokiteri Yohani* : Docteur Johan.

Dieudonné a apprécié la suggestion de Félix.

L'amoureux déchu s'était fait une fête de choisir la cisaille pour tailler la fleur de Gaudence et l'abreuver à son geyser. Paraît qu'il s'est énervé grave, pour la plus grande joie du public ! Tata Gaudé achevée, il a remonté sa braguette pour s'intéresser à Dévota. Il lui a élargi le vagin au sécateur. Enfoncé un des manches en scandant chaque poussée d'un *t'aimes les grosses bites, hein, toi ?* Fendu le visage en y plantant la branche convexe et tranchante de l'outil. Dieudonné a houspillé sa parentèle, acharnée à des travaux horticoles sur Tantes Ansila et Daphrosa. *On se dépêche ! J'ai soif !*

J'ai voulu interroger Félix sur un unique point. Où se trouvaient les ossements ?

Vincent a fait un appel de phares. Il s'est remis au volant.

— Viens !

Il a démarré et s'est avancé à ma hauteur. J'ai quitté Félix sur une poignée de main. Il m'a remerciée pour la visite et les bières, a aidé Vincent à replacer la banquette et la roue. Ils se sont salués.

Nous sommes repartis. Il était près de 15 heures.

On se taisait.

Vincent fixait la route. Il y a beaucoup de dos-d'âne et de flics sur cet axe vers la Tanzanie. Le paysage est dégagé et pourtant la vitesse est limitée à quarante kilomètres par heure. Les gens s'impatientent. Sauf Vincent. Ce calme, toujours.

On se taisait.

À Kayonza, quinze kilomètres plus loin, Vincent s'est parqué sur la place devant la mairie. Il avait faim. Sans se consulter, on a contourné la poste et emprunté la ruelle jusqu'au Chapter Two. C'est un hôtel modeste, dissimulé par une haie de bougainvilliers rouge-orange. Avec, au rez-de-chaussée, un bar dans une paisible cour intérieure. Des tables étaient occupées, recouvertes de bavardages à voix basse, la fréquence locale. On s'est installés sur des sièges en plastique au fond, histoire d'avoir une vue d'ensemble sur la salle et les toilettes. Un réflexe de Vincent.

Nos coudes se sont touchés. Nos yeux, croisés. Depuis l'instant où il s'était retourné vers moi à la station-service, on ne s'était plus regardés. La serveuse s'est pointée. Œil machinal de Vincent sur son cul. Il a commandé des brochettes de foie pour lui. Je ne voulais rien. Il a tranché.

— Des frites pour Madame, des Primus et un cendrier.

Une demi-bière plus tard, j'ai cassé le silence.

— Félix, tu sais qui c'est ?

— Celui qui n'en revient pas de ta ressemblance avec ton propre père ?

On a souri bien sûr.

Vincent.

Il avait attendu trois heures trente dans la voiture.

Ça m'a submergée.

— Vincent, pourquoi m'as-tu abandonnée avec lui ?

J'avais une voix minuscule.

Il se taisait. Impassible. Il nous a allumé des clopes, nous les avons fumées en silence. Il a écrasé la sienne.

— Si j'étais resté à tes côtés, jamais il n'aurait parlé. Jamais ! Maintenant, tu l'as vu et tu as sa version. Tu peux confronter les infos. T'es contente quand même, non ?

— Contente, t'imagines même pas !

On a souri bien sûr.

Vincent.

Lo, moi, mon besoin, c'était de trouver asile dans les bras de Vincent. De coker son odeur comme un rail de pure. Je n'osais pas. Il était à la fois distant et très présent. Il avait mal à la gorge. *Avais-je un foulard ?* J'ai sorti de mon sac et déplié le carré fuchsia en soie et satin. Ton cadeau de Noël 2010.

En l'enroulant, il s'est mis à parler. Avec son accent traînant en français, à trop étirer les voyelles.

— Banalise les relations avec le Félix ! Comme moi avec Gaspard. Fais-lui sentir que tu n'as pas peur. Que tu n'es pas seule. Tu les connais. Pas de famille ici, ça signifie être de la merde. Qui parle en *je* est vulnérable, un minable, un isolé sans support. Tu les connais, non ? Degré zéro de la conscience !

— Vincent, banaliser les rapports avec Félix ? Ou, toi, avec Gaspard ? J'ai pas peur, moi ! J'ai la rage !

Vincent s'est penché vers moi dans des effluves de tabac, d'alcool et de *Bleu*, son parfum. Phrases encombrées par la taffe et les gorgées de Primus. Bouteille entre le pouce et l'index, il me heurtait l'épaule pour ponctuer ses propos d'un *tu vois ce que je veux dire ?*

*Oui*, acquiesçais-je, fascinée par ses orbites comme aveugles malgré des pupilles scintillantes, parfois irritées par la fumée. Il la soufflait et en profitait pour décapsuler d'autres bières.

Je ressentais son bouleversement. Ses tentatives de réconfort. Il a allumé une énième cigarette. Je me suis rapprochée de lui. Je l'écoutais et déboutonnais sa chemise. Quelqu'un s'est exclamé. Je n'entendais rien, je ne voyais rien. Je voulais me scotcher à la peau de Vincent et faire l'amour *avec*.

— Je vois, a-t-il souri.

Il a appelé la serveuse. Rematé son cul. Souhaité la chambre de la fois précédente, à l'arrière, avec une petite terrasse sur le jardin.

— On mangera là-bas. Madame a froid. Dépose la nourriture devant la porte.

Vincent est parti chercher nos sacs dans la voiture. Des clients ont pouffé de rire à son passage, sa chemise était ouverte jusqu'au nombril.

La porte de la chambre à peine fermée, Vincent nous a déshabillés et s'est plaqué contre un mur. Il m'a soulevée. Je me suis ventousée à lui. J'ai enserré mes poignets sur sa nuque, cuisses autour de ses hanches. Il transpirait abondamment. L'alcool, le tabac. Les peaux dérapaient.

Ce jour-là, t'ai-je écrit, ses doigts ont brûlé. Là où ils me soutenaient. À l'origine de la vie.

Alors, notre fin d'après-midi de ce dimanche 27 janvier 2013, quarante-quatre ans du frère et récit de la mise à mort des Tatas, ce lundi a ressemblé à l'incendie du port de Matadi, au Zaïre, sur la rive gauche du fleuve Congo.

Quand les dockers ont laissé échapper le déchargement des Toyota Land Cruiser, dont celle du père. Devant lui et nous trois, la fratrie. Devant la foule agglutinée. Nous tous, rossés par le soleil. Cette chaleur humide, persécutrice.

Lawurensiya, à Kayonza, cette fin d'après-midi du dimanche 27 janvier 2013, quarante-quatre ans du frère et récit de la mise à mort des Tatas, c'était Matadi,

L'incendie,

La détonation. L'écrasement des tôles, l'explosion,

*Vincent. Moi. Nous.*

Les hurlements de rage,

*Caïn.*

D'effroi. De détresse.

*Les Tatas.*

Les bousculades.

L'aîné, bras en travers de mon ventre, *Erika bouge pas !*

Ce dimanche 27 janvier 2013, le frère aurait eu quarante-quatre ans.

Au Zaïre, à la maison, le père décrivait la scène à Maman. *Un indescriptible feu d'artifice, Agnès.*

À Kayonza, notre nuit a été comme l'éclat des Jeep à Matadi.

Vincent l'a baptisée *la nuit de l'écharpe.* Il me l'a confisquée.

Longtemps après, il m'a étalée sur lui et,

Sur sa peau, à l'oreille, il entortillait mes tresses,

Longtemps,

Je lui ai dit,

Les Tantes.

Kigali, dimanche 28 janvier 2018

Ma Sista,

Il est bientôt 6 heures du matin. Je t'écris dans mon lit.

J'ai mal au cœur.

Hier vendredi, dîner whisky vin rouge et prise de tête avec Damien Verstraeten. À propos du génocide. De nos frères défunts. Je n'en ai pas dormi. J'ai une animation muséale cet après-midi. Ça promet !

Damien, notre ami d'enfance à Kigali, d'adolescence à Kinshasa. Damien, tes amours zaïroises…

Tu le sais, il est réviseur d'entreprises et revenu au Rwanda dès nonante-cinq. Quarante-neuf ans, l'âge du frère. À peine changé. Le même. Mélancolique, enjôleur et drôle. Avec son teint bronzé, son long corps mince bien entretenu, ses boucles et yeux bruns, il fait entraîneur ridé de club de vacances, gaspillé par l'alcool, le tabac et le soleil. Il pratique toujours le tennis et la natation au Cercle sportif à Kiyovu.

J'adore Damien. Il me le rend bien. Ma comptabilité, par exemple. Comment ferais-je sans ses réprimandes ?

— Erika, tu le fais exprès ? C'est quoi ce boxon ? Tu es historienne de l'art indépendante, aux revenus aléatoires, tu dois avoir une traçabilité de toutes tes entrées et sorties financières ! Apporte-moi des factures !

Hier donc. Vers 18 h 30. Je terminais une visite guidée au musée Campaign Against Genocide, situé dans le Parlement. Le bureau de Damien est pile en face, au-dessus du supermarché Simba. Je suis passée l'embrasser. Je l'ai tout de suite remarqué. Il n'était pas bien. Déplaisant avec son interlocuteur au téléphone. On s'est serrés dans les bras. Il était moite.

— Damien ! Tu es malade ? Malaria ?

— Sinistrose.

J'avais oublié. La date anniversaire de la mort de son petit frère, Gaëtan. Gaëtan, mon condisciple en primaire et à Kin. Il aurait quarante-trois ans comme moi.

— Damien, clôture, je t'emmène boire un verre. Nyamirambo ? Chez les Congolais ? Chez toi ? Où tu veux.

— Chez les Blancs. Besoin de bouffer blanc, voir blanc, causer blanc.

— Tu vas si mal ?

Il a souri et réservé une table au restaurant Poivre noir. Lo, c'est un resto tenu par un couple de métis. Cuisine franco-belge. Une des meilleures adresses de la capitale, établie à Kimihurura, mon quartier, dans une des rues parallèles à la mienne.

Il était tôt pour dîner. Nous avons pris place sur la belle terrasse en plancher, aménagée de meubles en fer forgé et de plantes. Damien a attaqué direct au whisky pour l'apéro et demandé au serveur de déboucher une bouteille de vin rouge. Il s'est enquis de toi.

Tout allait bien, Lawurensiya.

Nos steaks frites salade venaient d'être servis. Viande fondante, friture cuisson belge, fraîcheur des légumes.

Puis. Son pote Vianney a débarqué avec des mecs genre cadres dynamiques, assurés et bien sapés. Le Vianney, c'est un Rwandais, entrepreneur régional plutôt fortuné, célibataire. Damien me l'avait présenté à l'occasion, on se fait la bise. Justement, nous a-t-il proposé, je voulais vous inviter à mon anniversaire ce dimanche au Pili-Pili.

— Merci, vieux, s'est engagé Damien, Erika et moi serons là.

Lawurensiya, j'étais déshydratée. Je tentais, sans succès, d'étancher ma soif au vin. Damien et moi avions beau faire, nous revenions aux frères.

— Les cons ! a-t-il répété. Des conducteurs de merde, Erika ! Quand c'est pas ton frère, pilote patenté de motocross, qui rate un virage à moto à Kinshasa, c'est Gaëtan qui loupe le sien ici en voiture.

Lawurensiya, Damien, c'est lui seul ma famille belge au Rwanda. Je suis à l'aise… Alors, une fois les talons tournés, pinard aidant, le Vianney je te l'ai flingué.

— T'iras sans moi à sa sauterie Verstraet'. Tu le considères comme exemplaire pour avoir publiquement imploré le pardon pour la faute des siens, incarcérés. La faute dèh ! Vianney n'a rien fait. Nous le savons tous les deux. C'est bien ça le problème ! Il avait vingt-six ans en 94 ! Ah c'est vrai, suis-je bête, il n'avait pas le choix !… Et je devrais aller minauder dans une petite robe glamour à sa table ? Mon pardon, c'est d'être cordiale avec cet ancien manifestant en treillis militaire. Tu comprends pas, Damien ? T'es né dans ce pays ! Entre le Vianney et moi, il y a une rivière de sang, la Nyabarongo. Il me dégoûte ! Il doit avoir une énorme famille !

Damien a soupiré. Suffisamment fort pour faire radiner un serveur. *Ça tombe bien*, en a profité mon Verstraet'. *Remets-nous la même chose. Whisky, vin rouge et eau pétillante.*

— Faut tourner la page, Erika. Ça fait bientôt vingt-cinq ans. C'est fini ! Pourquoi restez-vous là-dedans, les Tutsis ? À ressasser votre génocide ?

— C'est un peu plus complexe, tu sais…

Lo, j'essayais de me reprendre. De ne pas être débordée par notre alcool, nos frères, toi, notre trajectoire similaire à celle des Verstraeten. Damien et moi, on a besoin d'être en lien. Chaque semaine. Au minimum une pause à Question Coffee, la coopérative de café local, c'est près de sa société et de l'Assemblée nationale. Il a réagi.

— Non, Erika ! Toutes les familles rwandaises ont été endeuillées. Nous aussi, les Blancs, on a perdu des amis, des proches. Je parle pas de nos frères. Passe à autre chose ! Y a prescription ! Avance ! On a tous des morts dans les tripes. Il est dur, le Grand, mais il a raison ! Vous vivez ensemble, vous devez vous réconcilier. Vianney, c'est peut-être un mec super, t'en sais quoi ?

Le patron nous a interrompus, encore en tablier. *Oui*, l'avons-nous rassuré. *C'était parfait !* Il nous a offert un verre. Damien a continué au whisky, moi j'ai choisi des mignardises. Damien, c'est un bon client, on était dorlotés.

Pendant le bavardage avec le patron les mots de Damien me fouettaient ! Les *faut tourner la page*, *y a prescription, le Grand* pour qualifier Muzehe wacu[1]. Les *toutes les familles rwandaises, votre génocide... Vous vivez ensemble...* Lui, Damien, il vivait pas avec nous ? Lawurensiya, je te jure. Ils me sidèrent chaque fois, les Européens d'Afrique. Ils ne comprennent rien à rien de rien ! Damien, il est né ici. À part cinq ans d'études en Belgique, il n'a jamais quitté le continent maternel. Lawurensiya, le patron parti, les sucreries et le whisky apportés, ma colère a claqué.

— Damien, lâche la grappe avec Gaëtan !

Il a posé son verre en fronçant les sourcils. Reculé sa chaise. Allumé une clope en me scrutant. Tu connais ses mimiques. Se ronger les ongles qu'il n'a plus, se lisser les cheveux et recommencer.

— Damien, tu vas nous barber jusqu'à quand ? Tourne la page ! Gaëtan est décédé en 2000, n'est-ce pas ? Déjà dix-huit ans. Passe à autre chose ! Quasi deux décennies ! Y a prescription, non ?

Il est venu s'asseoir à côté de moi. Il m'a entouré les épaules.

— T'énerve pas, ma puce...

— Je m'énerve pas, Verstraet'. Je ne comprends pas ce *faut tourner la page* à propos du génocide. Et toi ?

1. Littéralement, « notre vieux ». Le terme *muzehe* signifie l'âge et/ou le respect accordé à quelqu'un. Il s'agit ici de Paul Kagame, le président de la République du Rwanda. La contraction de *muzehe* est *mzee*.

Et ta famille ? Pourquoi ne passez-vous pas non plus à autre chose ? Regardez-vous ! Comment le décès d'un seul des vôtres vous a rompus. Une mort bien proprette pourtant. Un mauvais virage en saison des pluies. Un bel enterrement, en bonne et due forme. Pour te consoler, tu t'es camé à la nénette afro et ta femme s'est barrée.

Lo, on a rigolé. Sa bobonne dèh. Elle ne nous manquait pas. J'ai insisté.

— Hein, Damien ? Pourquoi serait-ce différent pour nous et nos familles ?

Il y a eu un court silence. Damien a ouvert un paquet d'Intore.

— C'est vrai, Erika. Pourquoi ? Peut-être parce que l'Afrique nous use avec ses haines. Et nous, dans les Grands Lacs, on s'en est accommodés.

— Nous, c'est qui ?

Je reviens vers toi, Lawurensiya. Il est environ 8 heures.

Impossible de fermer l'œil. Malgré l'alcool, la fatigue et une douche chaude. Je me suis relevée pour préparer une infusion au gingembre. Dérisoire tentative de purge interne. Enfiler un sweat-shirt à capuche, sortir en griller une sur la terrasse et t'écrire. Rembobiner la soirée. L'évocation récurrente de Gaëtan. Il était touchant, Damien. Révoltant, aussi.

Ses propos me harcèlent le cœur. *Passer à autre chose. Tourner la page.*

Suis-je bouleversée ou effarée ?

Gaëtan. Comment dire ? Il n'est que mort. Voilà.

Les Tantes, il ne s'agit ni de la mort ni de la vie d'une personne. Non plus de la haine.

Il s'agit de leur lente déshumanisation. Gratuite. Cadeau !

Il s'agit de cruauté. De mépris. De tortures.

Il s'agit de l'agonie, planifiée, de la dignité humaine.

De la *cafardisation* des nôtres.

De la mère.

De Maman.

De Vincent.

## Suite. Vers 11 heures

Lawurensiya. Désolée !

Ce matin de gueule de bois, j'ai l'obstination imbécile d'un ivrogne.

Lo, à les écouter, qui a tué ?

L'extrémisme hutu, expliquent-ils.

L'extrémisme hutu, ça n'existe pas.

C'est un concept. Pour appréhender le crime. Concevoir des politiques prophylactiques de désintoxication raciale des masses.

Est réel, l'homme ordinaire. Le citoyen. Identifiable. Son corps tangible. Ça se trame dans nos corps, cela j'en suis sûre. Puisque ni eux ni nous, pour des raisons différentes, ne sommes des sujets.

Caïn n'a fait qu'obéir, se défend-il.

*Obéir de son propre chef.* Quelle belle langue française, n'est-ce pas ?

Un assassin ou son complice, c'est Papa Dany, par exemple. Le boutiquier affable au bout de ma rue. Dont la gosse m'apporte des cigarettes, quand marcher trois cents mètres s'apparente au Marathon des Sables. Il a reconnu ses crimes, du moins d'*avoir trempé.* Conformément à la procédure, il a demandé pardon à l'État et obtenu une commutation de peine.

Lo, j'avais pas pris la mesure.

C'est hier. En me régalant avec Damien. J'ai compris que c'était irréductiblement foutu – quoi exactement, je ne sais pas.

Si, je sais. C'est foutu avec Vincent – quoi exactement, je ne sais pas.

Pour toi et moi, la frontière de l'intime est poreuse. Car le père n'était pas d'ici. Il venait d'ailleurs. Peu importe d'où.

Maman. Les autres. Sans échappatoire.

Vincent.

## Kigali, dimanche 4 février 2018

Lawurensiya, donne-moi la main. Parcourons ensemble le chemin connu.

Le crime était d'abord une amputation de notre intimité – de notre univers,

De ce qu'il en subsistait.

Il était une fois, 1959. La Révolution sociale hutue.

Ouverture de la chasse à courre. La meute de chiens se faisait un fix de la chair des ancêtres. Il y a des addictions, fulgurantes. De crocs en crocs, ils ont déchiqueté par fragments nos familles. Le grand-père, les oncles.

La mère, c'est notre fragment à nous.

Elle ne s'est jamais plainte. N'a jamais, rien, raconté.

1962, l'indépendance.

Dans l'intervalle, les humiliations. Crachats, coups, injures – vermines, *inyenzi*.

La maison, de nouveau brûlée. Sa mère, ce serpent, elle avait rampé sous la porte d'entrée, sommairement rafistolée après les détériorations de 59. Ses habits, en feu. Elle les avait arrachés, là, dans l'enclos infesté par les pilleurs, des voisins. Ils s'étaient gaussés de sa maigreur. Ils avaient plaisanté sur la mort du grand-père.

Avait-il succombé à son lynchage pour traîtrise ou bien à son épouse, sèche comme un coup de trique ?

La trique. La mère et sa mère ont fui au Zaïre avant de se la prendre.

La mère n'a pas d'histoire. Elle ne produit pas un récit de soi.

Il y avait ses chants. Quotidiens.

Elle vaquait aux tâches ménagères ou cuisinait. Le père le lui reprochait.

— Agnès, c'est au personnel de maison de faire ça. Pas à toi.

Aujourd'hui, je me dis que les activités domestiques c'était son viatique.

Elle passait un tablier. Se mettait pieds nus. Sandales soigneusement rangées sur le gazon. Elle prenait un seau, un torchon, une raclette. Passait en revue les produits d'entretien dans le placard sous l'évier de la cuisine. Se décidait pour le Vim et l'eau de Javel.

Elle coupait la radio. Remerciait d'abord Imana, Dieu.

Elle fredonnait. Arpentait les différentes pièces du *rugo*, le foyer. Peut-être comme les sentiers de chez elle, naguère ?

Ce silence dont elle nous emmurait. Il rendait fou Johan, son mari, notre père.

Ce silence, qu'indiquait-il ?

Maman manquait de mots en français, pensais-je. Son répertoire était désaffecté du vocabulaire de la tendresse. Elle les connaissait sûrement dans sa langue maternelle, le kinyarwanda. Le kiswahili aussi, je l'entendais le parler à Goma et Bukavu, au Zaïre.

Elle disait au père ne pas vouloir nous transmettre sa langue.

Elle disait au père ne pas vouloir infecter ses enfants.

Elle se taisait, d'humiliations.

La honte, ce détracteur intime. Qui décline *ad nauseam* ta nullité.

La substantifique moelle de nos familles, ainsi l'ont-ils entamée.

Mère, tu as eu raison de la fermer,

Pour ne pas nous entailler aux tessons ceignant ton cœur.

— Tais-toi !

Accroche-toi aux tâches domestiques.

Mets-y ton âme, devenue peau de chagrin. Prends-la, ta loque, et astique, Maman. Astique.

Comme les femmes rescapées âgées ou les plus démunies, auxquelles l'État a confié le nettoyage des rues et des lieux publics. Nous sommes le pays le plus propre d'Afrique. Toute cette hémoglobine visqueuse à vidanger. Alors ça frotte, ça range, ça ramasse – ramasser, elles savent ce que c'est.

Les Mille Collines sont rutilantes.

La crasse, Lo, ici, elle est immanente aux êtres. Elle est intérieure.

Kigali, dimanche 18 février 2018

Lo,

Depuis la soirée avec mon Verstraet', je n'arrive plus à t'écrire. L'intuition du *c'est foutu avec Vincent – quoi exactement, je ne sais pas*. (Lo, après, je ne te parlerai plus de Damien. Il ne fait pas partie de mon histoire avec Vincent.)

Tu m'avais appelée dans l'après-midi du dimanche 28 janvier, post-Poivre noir. Dès la réception de ma lettre. Je cuvais encore. Tu étais de bonne humeur au téléphone. Légère… Curieuse des misères de Damien avec ses Rwandaises et de ma colocation avec Zaninka et Coco. Tu posais des questions sur Kimihurura, mon quartier. Trente ans que tu refuses de mettre un pied au pays.

— Erika, Kimi, c'est laquelle des sept collines de Kigali ?

Acte ça d'abord, Lo : vivre ici, c'est habiter le vide. Ton Rwanda n'existe plus. Les tueurs ont déraciné les habitations et brûlé les champs. Délibérément, tout saccagé. Vois, la photo envoyée à mon retour au pays. Il ne reste rien de la maison familiale. Celle où les Tatas ont été mises à mort. Juste un terrain vague, proprement ratissé. Il m'avait fallu l'aide des rescapés du coin pour resituer notre ancienne parcelle.

Je reviens à ta question : Kimihurura. Cette colline se trouve à l'intersection du centre-ville et de l'aéroport, pour prendre deux points de repère restés inamovibles. En venant de la plaine d'aviation en direction de la ville, tu passes devant le Parlement, l'ancien CND – Conseil national de développement. Cet axe est méconnaissable. Les routes ont été élargies, il y a des arbres et des bosquets fleuris entre les deux bandes, des trottoirs, des constructions tout du long, des complexes commerciaux, des immeubles administratifs, des feux de signalisation. Le carrefour existe toujours, celui avec la sculpture d'une femme tenant un enfant par la main. Il a été déplacé et donne accès à un faisceau de voies rapides. À cet embranchement se trouve l'édifice dit Convention Center, une sorte de boule lumineuse, visible de toutes les hauteurs, où sont notamment accueillis les conférences internationales et les événements culturels d'envergure. Sa forme évoque l'habitat traditionnel. Je t'avais envoyé des photos à Noël, pour te montrer les décorations et les éclairages, intégrés à même les palmiers.

Tu dépasses ce rond-point et tu arrives à celui dit ku Kabindi. Entre ces deux bifurcations, à l'époque, il n'y avait aucun bâtiment, seule la nature livrée à elle-même. À ta gauche, des ministères, la Primature et le parc envahi de joggeurs dès 5 heures du matin. À ta droite, tu vas vers notre quartier d'enfance, Kiyovu, la ville ou Nyamirambo. Le tout est impeccablement asphalté, avec des panneaux d'indications, des passages piétons, des feux de circulation et des luminaires au sol.

Tu laisses ku Kabindi derrière toi. Tu continues tout droit. Tu t'approches de chez moi.

Tout droit, c'est Mukiministre, Lo. Ça, tu connais.

Mukiministre, l'ancienne avenue résidentielle de l'exécutif, des dignitaires et hauts gradés de l'armée. Celui où vivaient, pour ne t'en citer que deux, Félicien Kabuga, le banquier du génocide, ou Mathieu Ngirumpatse, le président du parti unique.

Mukiministre, je n'ose pas l'avouer à Maman. Chaque jour, j'emprunte cette rue qui la terrorisait.

De là, tu prends la première à droite, la large route pavée où se trouve l'école Don Bosco des pères salésiens, Abaséléziani. Tu t'en souviens ? Tu longes cette espèce de chaussée romaine, encadrée de bougainvilliers blancs et de buissons de fleurs jaunes et orange, celles odorantes la nuit, j'ai oublié leurs noms.

La première perpendiculaire, à gauche, eh bien, c'est chez ta sœur ! Avant de te présenter les filles, puisque nous sommes chez moi, faisons le tour du domicile. C'est une maison de plain-pied. À l'entrée, sur le côté, dans une courette, il y a un garage. Des graviers menant à un jardin avec pelouse, des fleurs foisonnantes de couleurs, des manguiers et des avocatiers. Une large terrasse avec des meubles en rotin. Un canapé, deux fauteuils et une table extensible. Une porte vitrée, donnant sur une pièce de douze mètres carrés. Un salon et une salle à manger. Décoration minimaliste. Un très grand divan en cuir, trois poufs, une télé. Côté repas, une table en bois ovale à huit places. C'est devenu notre bureau. Sur les murs blanc cassé, des placards vitrés, avec un vaisselier, plein de livres et nos documents de travail. Un tableau scolaire blanc émaillé sur lequel sont affichées des photos de nous, des amis et des proches – uniquement les vivants. On y inscrit aussi des messages pour la domestique, pour nous, la vibration du jour et des courses à faire. Au sol, carrelage clair et des lampadaires.

Face à la salle à manger, une cuisine, son annexe, une cour arrière et la dépendance du gardien. Dans le couloir, les toilettes des visiteurs. À droite, la chambre d'amis et celle de Coco, reliées par une salle de bains. À gauche, la mienne et celle de Zaninka, également jointes par des sanitaires.

Kimihurura est un des quartiers bourgeois de Kigali. Très vert et calme. Cosmopolite et branché. Des bars et restaurants de qualité, asiatique, français, grec, rwandais, éthiopien.

Te représentes-tu mieux ma colline ?

Lawurensiya, tu ne peux plus t'appuyer sur tes empreintes géographiques. La transformation paysagère du pays est totale et irrémédiable. Il n'y a plus d'*avant*. Les massacres ont siphonné les collines. La destruction se dérobe à l'espace.

Acte ça ensuite, Lo : vivre ici, c'est habiter le non-espace-temps. De passé décomposé, il a muté sans transition en éternité. Au passage, il nous a enfermés dans l'avenir prometteur de notre asile psychiatrique high-tech, dont l'âge moyen est de dix-huit, vingt ans.

Bientôt, demain, *ça* fera vingt-cinq ans. Ceux qui ont écopé de lourdes peines se préparent à sortir. Avec un peu de chance dèh, dans une cour intérieure quelconque de la ville, au cabaret Sundowner près de chez moi par exemple, je croiserai un frère de Dieudonné, en train de taper la bière avec des potes. Lui, il a pris perpète.

J'aurai en face de moi les vagins éclatants éclatés des Tatas.

Au nom de la Sainte Réconciliation, je ferai semblant de rien.

Ce frangin de l'atrocité, témoin ou complice de crimes, raffolera de me saluer. M'introduire auprès de ses amis. Je vois déjà la scène ! Aucun ne me reliera à *avant*, définitivement étrangère avec mon exubérante frisure et mon teint café au lait. Malgré mon physique local, grande et potelée.

Moi non plus, je ne dirai rien. Ni à lui ni aux copains à ma table. Je serai, encore plus, joviale. Je hélerai pour d'autres Primus. Ou pourquoi pas une bouteille de vin si j'ai des thunes ? Histoire de desserrer l'étau des Tatas dans mon ventre.

Quelques mots sur Zaninka et Consolata, dite Coco. Je les ai rencontrées par l'intermédiaire de Damien. Elles cherchaient un colocataire, l'actuel étant affecté en province. Zaninka est consultante en communication des entreprises. Elle a ton âge, quarante-six ans. Grande et dodue. Elle est née en Ouganda, où vit sa famille. Partie à Paris faire une maîtrise. S'y est mariée avec un Rwandais. Le mari a voulu rentrer. Moins d'un an après le retour, elle l'a quitté, il avait engrossé leur bonne.

Coco a trente-huit ans. Elle est née au Rwanda. Fuite au Burundi en avril 1994, avec son père et deux sœurs. Rentrés au pays dès 95. Elle, elle a émigré à Cape Town cinq ans plus tard. Elle y a étudié l'architecture et le yoga. Après neuf ans d'Afrique du Sud, retour au pays. *Les Sudafs, je pouvais plus les sacquer.* Ses frères et sa mère sont des génocidaires. Ils ont purgé une peine de douze ans de taule.

Entre nous trois, l'entente a été immédiate.

Coco, plus d'un mètre quatre-vingts et filiforme, m'avait fait visiter les lieux. Dans ma future chambre, elle a fermé la porte derrière nous.

— Avant de t'engager, sache que ma parentèle maternelle a participé au génocide. Je l'ai reniée. Damien a dit à Zaninka pour les tiens, et que ta mère et ta sœur ont rayé le pays de leur vie.

J'avais beau le savoir par Vincent – il s'était renseigné sur le pedigree des filles –, j'ai été émue. Par la dignité de Coco. Sa délicatesse. La détresse dans ses yeux. Je l'ai prise dans mes bras.

— Coco, on fera la paire !

Lawurensiya, j'aimais vivre avec elles. Nous nous étions accordées autour d'un besoin identique, avoir un lieu de vie paisible. Où les visiteurs étaient triés sur le volet… Il y avait nos amoureux respectifs, de rares copines, le père et les sœurs de Coco. Également, les quatre personnes au cœur de mes lettres à venir : James, mon frère adoptif, et les *bavandimwe*[1], ma famille de substitution.

Le manager de la maison, c'était Coco. Elle gérait la domestique, le gardien, la logistique et le budget commun. Depuis le jour où elle a décidé de placer un miroir derrière les becs de gaz de la cuisinière, pour amplifier le taux vibratoire des aliments, Zaninka et moi n'avons plus jamais posé de questions d'intendance. De fait, Coco avait créé une atmosphère douce chez nous.

---

1. Littéralement, « nés du même ventre ». Par extension, les amis intimes, les proches.

Coco et sa généalogie, Lawurensiya, ce n'était pas simple pour moi au début. Un après-midi où Zaninka tenait une réunion professionnelle dans la salle à manger, je me suis réfugiée dans la chambre d'amis, la mienne étant plein soleil. Coco y avait abrité son espace yoga et méditation. Je le savais, je n'y avais jamais prêté attention. Elle y était. C'était le deuxième mois de notre cohabitation. J'étais en train d'oindre mes cheveux. Elle a proposé de m'aider. Coco bien sûr, elle a des cheveux naturels, à la Angela Davis, entretenus avec discipline. Elle s'est agenouillée derrière moi.

Elle avait parlé de sa mère.

Toutes ces années, Coco et moi avons débattu du génocide. Exclusivement dans la chambre d'amis. Au minimum une fois par semaine, le rituel de graissage de mes cheveux, sans nous regarder. Ah, ils étaient beaux, soyeux, épais, très longs ! Je n'ai jamais évoqué les Tantes, même leurs prénoms ou l'histoire de la famille. Coco, ça la blessait ce silence. Coco, elle est comme Damien, à ne croire les Tatas que mortes. Elle, elle analysait devant moi, encore et encore, le processus de radicalisation de sa mère et de ses frères.

Avec Zaninka, nous échangions aussi sur le génocide. À trois, au salon, dans un registre sardonique. Elle avait découvert le Rwanda à trente-cinq ans et perdu aucun de ses proches. La déshumanisation, j'ignore si elle comprend la densité de ce mot. Son ex-mari, c'est un Hutu arrivé enfant en France. Un type brillant et sympa, plein d'humour comme elle. Zaninka, Lawurensiya, elle rêvait d'être comédienne. Elle n'avait pas osé assumer sa passion et affronter le conservatisme de sa famille. Alors, elle improvisait des saynètes à la maison.

La première, elle l'a jouée le week-end de mon installation.

Voici le contexte. Nous petit-déjeunions sur la terrasse et organisions notre cohabitation. Zaninka, très libre et directe, demandait pourquoi j'étais rentrée, sans famille ici et sans boulot stable. J'ai été laconique. Michaël, mon mari, tolérait Vincent. Vincent ne supportait pas la triangulaire. Moi, je ne concevais pas ma vie sans Vincent. Quitter le pays paternel a tout résolu. Libérer Michaël. Me rapprocher de Vincent. Et, cerise sur le gâteau, ne plus côtoyer les criminels d'hier ou leurs enfants négateurs à Bruxelles.

Alors, l'artiste Zaninka s'était levée. Zaninka, elle est belle, Lawurensiya. Toute la prodigalité du continent maternel est dépensée sur ses hanches. Elle arborait un chemisier couleur pêche pastel, plein à craquer. Sur un flagrant soutien-gorge en délit de dentelles. Elle avait imité de célèbres génocidaires et négationnistes, protégés en France et en Belgique. Elle les a dézingués par des dialogues et des répliques, nous tordant de rire !

Voilà Lawurensiya. Nous sommes dans notre cinquième année de colocation. Devenue une solide petite famille.

Elles sont mes chéries,

Mon repos du guerrier, mon havre de paix, les meilleures comiques du pays.

Elles sont mes chéries,

Des sexy aux cerveaux bien irrigués, des poétesses bienveillantes du quotidien, aventurières et cabossées,

Enragées.

## Kigali, samedi 3 mars 2018

Lawurensiya,

La rencontre avec Vincent.

Un jeudi de février 2008, à Bruxelles. Un jour de grève sauvage. Froid et sec.

Après le boulot, Diane m'invite à dîner Chez Josée, un bar à Matonge, le quartier africain. Elle voulait me faire plaisir. Il y avait un arrivage de viande de chèvre et de feuilles de manioc.

Rue Saint-Boniface, tu reconnaissais Chez Josée à la petite terrasse en osier, réquisitionnée par les fumeurs. *Afande* Bosco, un illustre gradé de l'Armée de libération, appuyé d'un pied contre la façade, m'a vue déboucher dans la rue. Il m'a fait de grands signes. J'ai franchi les derniers mètres en trottinant. On s'est étreints avec force exclamations ! Tu sais bien, c'est aussi un ancien du Congo, moins pointilleux sur la réserve.

— Erika, Diane est déjà là, tu la vois ? À la table de Maman Double – surnom attribué à Josée, la patronne, en raison de sa corpulence.

— Oui ! *Afande*, comment faire autrement ?

On a souri. Tu la connais, ma copine. Elle est belle. C'était elle, le modèle de Rubens pour son tableau *Les Trois Grâces*. Je te jure, Lo. Très foncée, très grande, chairs opulentes, figure ronde aux traits délicats.

Nous avions toqué à la vitre. Diane s'était dirigée vers nous, souriante. Diane, Lawurensiya, elle s'habille en jean taille basse et hauts talons. Pour contempler en permanence, justifie-t-elle, son ventre flasque, ses poignées d'amour et ses cuisses grasses. *Erika, c'est la marque de mes enfants. Ils les ont tuées, ils m'ont tuée, ils nous ont tués. Mon corps a survécu, avec la preuve de l'existence de mes petites.*

— *Ayiweee !* la reluquait l'*Afande*.

Diane a passé la tête par la porte.

— Erika, ça va ?

— Je fume vite une cigarette.

— C'est dommage, vous finirez par crever avec votre tabac et ce froid !

Elle était rentrée.

Tout en papotant avec l'*Afande* et des clients, je passais en revue la salle. De forme rectangulaire, une banquette violette d'un tenant, le long des deux murs jaunes, tapissés de miroirs et de lèpre. La réflexion optique donnait une impression de vastitude. Il n'y avait pas plus de dix tables, nappées de pagnes colorés, protégés d'un plastique transparent. Des chaises de jardin en résine, certaines empilées. Au milieu, une desserte de cuisine en paille, avec couverts, piments et sel, cure-dents, serviettes. Un grand écran plasma allumé, son coupé, Dieu merci pas de match de foot. Ni déco ni musique. Un éclairage insuffisant, comme souvent dans les cabarets rwandais, discrétion oblige. Au fond, sur toute la largeur, au-dessous d'une photo officielle de Muzehe wacu, le comptoir et des hommes accoudés.

Je l'ai su tout de suite.

Ce serait inéluctable.

Il me tournait le dos,

Assis.

Il bavardait avec deux gars.

Il portait un pull jacquard dans des tons gris sur un jean bleu foncé. Des baskets de ville noires.

J'ai tapé une clope dans le paquet de l'ancien guérillero.

— *Yego* chérie, reste près de nous. On t'apporte quoi pour moi ?

— Vin rouge, merci Tonton.

Diane m'a appelée.

— Erika, tu viens ? T'as pas faim ?

— Pardon, pardon ! J'arrive !

J'ai poussé la porte, suspendu mon manteau à un crochet du vestiaire et disséqué ma dégaine dans la glace. Mes cheveux étaient décoiffés. Je devrais couper les pointes. Faire quelque chose, je sais pas ! Ma petite robe aubergine au-dessus du genou, je la trouvais jolie jusque-là. Elle était ringarde ! J'ai soupiré et traversé la salle jusqu'à la table de ma Diane et de Maman Double.

J'allais m'asseoir quand le serveur m'a interpellée. Un métis.

— Sista, c'est comment ? Et mon bisou d'amour ?

— Je le réchauffe !

Le type au pull jacquard a jeté un œil, distrait, dans ma direction.

Lâché ses potes. Virevolté sur son tabouret. Il s'est adossé au zinc.

Il m'a fixée.

Ma gorge a picoté. Diane aussi m'observait. Elle a saisi ma main, la gauche. Je lui ai souri. Pressé les doigts. Elle a regardé dans le miroir en face d'elle.

— Vincent ? Tu connais Vincent ?

— Non.

— C'est un rescapé. Il est resté seul, je crois. Il vit en Turquie. Divorcé, un fils étudiant ici à l'École royale militaire. Son ex-belle-famille colporte que Vincent est un vrai connard. Ma chère, qui est connard ? Celui qui s'est enrôlé au front à dix-huit ans ? Ou les beaux-frères âgés de plus de vingt ans en 94, terrés en exil chez Papa Museveni[1] ?

Le barman est sorti de ses frigos. J'ai fait un pas vers lui, on s'est embrassés.

Le type me collait toujours du regard. Il m'a souri. Tendu un bras.

— Et moi ? Je m'appelle Vincent.

— Erika. Salut !

Je me suis approchée. Il s'est levé. Penché pour me faire la bise. J'ai senti son haleine. Un mélange de parfum, de tabac et d'alcool. Je me suis dégagée de sa chaleur sans oser le regarder.

De retour à ma table, le repas était servi.

— Toi, Diane, tu le connais comment ?

— Après le génocide. Sa brigade patrouillait dans Kigali. Il était tellement maigre !

— Il s'est rattrapé manifestement !

Diane avait murmuré.

---

1. Yoweri Museveni, président de l'Ouganda depuis 1986.

— Erika, tu sais… Sa mère et ses sœurs. Ils les ont tuées comme chez vous.

À cette parole, je me suis détournée de ma copine.

Diane, elle en savait quoi de la mise à mort des Tatas ?

Est-ce que ça se sait ? *Ça*, le comment ?

Lawurensiya, je t'en supplie ! Il ne faut rien dire. À personne. Jamais !

Est-ce à moi, à nous, d'expliquer *cette chose* faite aux Tantes ?

Loin dans les causeries nous avons déjà été, Diane et moi. Mais sur notre biotope, la famille maternelle, les Tantes, Tata Gaudence, ma Gaudé, je ne peux pas ! Je ne veux pas dessécher mes lèvres.

Entre-temps, *Afande* Bosco s'était installé au bar, dans le petit groupe du Vincent.

Je l'ai appelé à la rescousse.

— Tonton, viens nous aider à manger s'il te plaît. C'est trop et il est tard.

— Moi, j'ai fini !

Vincent s'est tourné vers nous.

— Je vais partager avec toi. Je m'occupe des brochettes, toi des frites.

— C'est sûr, c'est équitable !

On a ri.

Il s'est assis à mes côtés sur la banquette.

*Afande* aussi a pris place, face à moi, près de ma chérie.

Je picorais.

Ils ont switché en français, par égard envers moi.

J'ai fait un effort pour participer à la conversation.

Vincent avait confisqué mon corps.

Tout de suite, je te l'ai écrit.

J'étais émue. Par sa présence. Son odeur. La tessiture de sa voix, sa modulation sur le dossier du siège.

Maman Double s'était attablée avec nous. Elle a un faible pour l'*Afande*. Elle a fait mine de me quereller.

— Erika, tu m'envoies en cuisine pour te préparer des frites ? Paie une tournée !

Vincent l'a taquinée.

— Non, la note est pour moi. Je suis heureux d'être près de vous et avec la nourriture du pays.

Il s'était presque serré contre moi.

Lawurensiya, j'aurais dû tracer une limite. M'indigner ? Résister, au minimum !

J'étais à ma place Lo, tout contre Vincent.

Il a emboîté ses doigts sous les miens. Il les a fait basculer vers lui. Coincé mon annulaire droit. De son pouce, il a fait rouler ma bague de promesses. Un monstre à trois anneaux aux trois ors enchâssés, couverts de stries et de petites pierres précieuses. Elle étincelait. Nous nous taisions, Diane, *Afande* Bosco, Double et moi. Accrochés aux mouvements de Vincent, impassible.

L'ancien officier a hoché la tête. Ajusté sa casquette, visière à l'arrière. Joué avec le paquet de clopes sur la table. Il s'était ravisé et adressé en kinyarwanda à Vincent. À propos du commerce avec les Turcs. Maman Double s'est glissée dans leur discussion.

J'ai regardé ma copine.

Tu sais, depuis notre enfance au pays, nous en avons échangé des regards. Je repenserai souvent à celui-ci. Diane, elle était, comment dire ? Déconcertée. Voire éperdue. Je lisais sur son visage son émotion. Celle de me voir exposer mon mari à la risée de la communauté, par ce flirt éhonté. Devant *Afande* Bosco, là, posé devant moi. Elle savait combien je le respecte. Lui aussi, le militaire, il était touché. Les frères, ils railleraient Michaël, ce Blanc, enfin cocu par un des nôtres.

On était là, à se confronter en silence.

Diane a incliné son visage de madone. Déposé un coude sur le plastique. Brandi vers moi son poing aux longs ongles manucurés. C'était une de nos manœuvres de ralliement. Je me suis soulevée et j'ai dressé le mien. Comme pour la frapper. Puis j'ai heurté doucement ses phalanges couvertes de bijoux. Par ce geste, Diane confirmait notre pacte, d'amour, d'infini, scellé sur les gravats de la mémoire des nôtres.

La patronne est revenue avec les consommations.

— Merci Mamie, a approuvé Diane. *Dufite inyota cyane*, on a très soif !

Vincent était en train de me parler.

Sa bouche. Pulpeuse. Foncée.

J'ai eu envie d'un baiser pornographique.

Il l'a senti. Je crois.

*Afande* Bosco et Diane étaient en face de moi, je te l'ai écrit.

La Bête et la Belle me souriaient gentiment.

Au moment de trinquer, j'ai réalisé qu'ils étaient mes témoins de mariage.

## Kigali, vendredi 16 mars 2018

Lawurensiya,

Il y a cinq ans. En novembre 2013. C'était un mardi d'insomnie. Ce texto, à Vincent. *Je ne suis plus une femme mariée. Je voudrais venir te le déclarer. Là, où tu es. Quand tu veux. Si tu veux.*

Il a répondu au petit matin. Indicatif nonante. Il était en Turquie, dans un appart'hôtel.

*Ni wowe nshaka*[1].

Il a téléphoné plus tard. Je préparais un thé à la cuisine. Les filles émergeaient.

Il ne m'a pas saluée. Il n'est pas revenu sur notre échange.

— Il y a un vol Kigali-Istanbul demain jeudi dans la nuit. C'est réglé. D'accord ?

— Oui.

J'ai voulu des précisions pratiques. Il n'avait pas le temps.

— On se parle vendredi.

Il a raccroché.

Lawurensiya,

1. « C'est toi que je veux. »

J'ai atterri à Istanbul le vendredi vers 6 heures du matin. Bagage aux pieds, un sac. J'ai attendu Vincent au point dit de rencontre. Au milieu d'un grouillement hétéroclite, plutôt gai. De langues étranges, de chariots chargés, d'appels au micro entrecoupés de musique.

J'ai pivoté sur mes escarpins à talons.

Vu.

Mon carré de soie fuchsia dans son échancrure.

À un mètre. Ou à mille, je ne sais plus. Il était là.

Adossé à un poteau. Au téléphone. En kinyarwanda. Des bribes me sont parvenues. Il congédiait son interlocuteur.

Brusquement, j'ai ressenti le froid automnal. Une sensation brutale. De fragilité.

Il s'est avancé vers moi.

A attrapé mes épaules, tenue à bout de bras,

Souri,

— Je suis heureux.

Kigali, dimanche 18 mars 2018

Lawurensiya, notre dernier appel m'a troublée.

Laisse-moi évacuer un doute avant de démarrer la narration de mon séjour stambouliote. Pourtant, dans mes lettres, c'est évident, non ?

J'essaye de me désembourber de mon chagrin Vincent et des vagins éclatants éclatés des Tatas,

J'essaye d'interpréter la victoire rampante du génocide.

Cette chose sans lieu, qui a eu lieu,

Arrimée, telle une inscription, indiscernable,

Dans les corps-objets, profanés.

J'essaye d'interpréter la victoire rampante du génocide derrière la survie.

Je veux dire, derrière l'apparence d'avoir refait corps avec son histoire,

Je veux dire, de s'être extrait du passé décomposé.

Derrière la survie,

Je veux dire, derrière la réhabilitation dans un linceul social cousu de relations, d'amis, d'un travail et d'activités.

Je veux dire, derrière tout ça,

Sans issue,

L'incapacité à se lier.
Derrière la survie, derrière, ânonnent-ils, la résilience, providence des sans-ressources,
Derrière la réconciliation dont le pays se gargarise,
Derrière la reconstruction du pays qu'ils ont mis à sac,
Il y a un prix. À payer,
Caché, *cash*.
Lawurensiya,
On doit gagner ensemble dans le vivre-ensemble, dans le réel,
On est en train de gagner ensemble dans le vivre-ensemble, dans le réel.
Même si, derrière la survie, il y a un prix. À payer,
Caché, *cash*.
Car après la destruction, vois-tu, faut encore juguler la rage des bourreaux et de leurs familles, la culpabilité des lâches, la vomissure négationniste.
Le prix à payer, caché *cash*, pour tous redevenir des Rwandais dèh,
C'est d'atrophier la sensibilité. De séquestrer l'émotion,
Bref, de la boucler !
Lawurensiya,
J'essaye d'interpréter la victoire rampante du génocide,
À savoir,
L'entame récurrente de notre appétence à vivre,
De nos désirs… De nos envies… De nos élans.
Une récidive seule décelable au pays,
Où la cohabitation,

Où les succès comme les défaites du collectif, dans d'infinies nuances, ou pas,

Viennent te ravager dans l'intime,

Viennent te remémorer qu'un jour, d'une durée de trente-cinq ans,

Caïn a aiguisé sa haine de la vie sur les tiens,

Caïn a déféqué sur toi,

Souillant les siens pour l'immortalité.

Lawurensiya,

À Bruxelles, déjà. À Istanbul, ensuite. Loin de ce qui l'affecte au crime,

Sans relâche,

Vincent m'a confié les codes d'accès à ses hantises. Détaillé Gaspard.

Lawurensiya,

Quatre nuits et jours turcs,

À envahir la ville,

De nos emmêlements. De regards, de doigts, de mots.

De notre imprescriptible soif.

De nos rires ! À tout propos et hors de propos. Interrompus d'allers-retours à l'hôtel.

Dès le seuil, Vincent se plaquait aux murs de la chambre. M'emboîtait à lui,

Sans ménager mon corps, devenu carnassier.

Chaque fois, sa question. Rituelle :

— Je ne te fais pas mal ?

Il me portait au lit. M'ensevelissait sous lui.

Vincent, il n'embrassait jamais. Il enlaçait mes yeux.

Lawurensiya, je te jure !

Vincent, je l'ai senti céder. S'arc-bouter aux montants du lit pour s'empêcher de

S’effondrer.
Se recueillir derrière moi. Retenir ma crinière,
Déflagrer,
Cœur brisé déployé,
— *Ni wowe nshaka.*

Kigali, samedi 24 mars 2018

Lawurensiya, si tu meurs je te tue !

Je dois en finir ! Dussé-je t'écrire cent lettres cette nuit ! Il est 23 heures, Zaninka découche chez un de ses soupirants, l'Italien, je crois. Coco chipote dans son ashram et moi j'allume mon ordinateur.

Je dois en finir ! Avec Vincent. Avec le mausolée Rwanda.

Faire sécession d'avec la pulpe criminelle de cette société.

D'avec le flicage permanent. Par tes amis. Tes collègues, tes voisins. Tes amants.

D'avec l'absence viscérale de confiance. De tes amis. De tes collègues, de tes voisins. De tes amants.

Seule bienveillante, la Grande Muette.

Silence dèh. Encore.

Je veux en finir avec le mortifère !

Rassembler mes morceaux et me casser,

Les larguer, amarres comprises.

Là-bas ou ailleurs.

En attendant d'en avoir la force,

Lawurensiya,

Laisse-moi d'abord t'écrire l'histoire de Vincent.

Ensuite, je reviendrai à Istanbul, il y a cinq ans, en novembre 2013.

Cette nuit est trop lourde pour le repos alors,

Je vais prendre le temps de te relater la mort des siens.

Pour Vincent aussi, au commencement était la trahison.

Celle de Gaspard, un de ses meilleurs amis,

L'homme à l'origine de leur mort, de la fuite de Vincent à Bujumbura puis de son enrôlement dans la guérilla.

Lawurensiya !

Retiens bien ce prénom, *Gaspard* !

Débutons par un court préambule contextuel. Mon étonnement désemparé,

Devant le profil de Vincent déchiré par son ex-belle-famille. Vincent, propage-t-elle, est un autiste alcoolique. Brutal, à force d'être hermétique. La famille, influente commerçante évangélique, est désormais acerbe. Après un exil ougandais de trente-cinq ans, elle était rentrée, victorieuse et friquée. Revanchard, enorgueilli d'avoir comme gendre un *Inkotanyi*, un soldat de la Libération, le père avait banqué un mariage *m'as-tu-vu* à son aînée, Laëtitia.

Lo. Ce n'était pas mon vécu de Vincent.

Il était à l'écoute. Il parlait. De ses passions, l'Histoire et le sport. Des copains. Des adultères de Laëtitia. Des humiliations ethniques. Du front. De Muhima, le quartier populaire où il a grandi et où ses parents tenaient un bar – un cabaret comme on dit ici.

Je t'écris. Sur la table à tréteaux de ma chambre, accaparée par l'arôme du thé. Dans le silence monacal de la maison où résonne, soudain, le récit de Vincent sur le génocide. Un récit du tâtonnement,

Comment articuler le vide et son ancrage dans le corps ?

De l'échappée,

Comment faire coexister l'amour éprouvé pour une personne et la peur de la perdre ?

Reste, le factuel. La trahison de Gaspard.

Cet événement. Prélude à leur mort.

Il l'avait déjà abordé à Bruxelles. À Istanbul, il y a consacré un après-midi entier.

C'était en novembre 90. Un mois après l'échec de la première offensive de la guérilla.

Ils étaient quatre. Inséparables depuis l'école primaire. Partis regarder un match de foot. Juchés sur un muret. Faute d'argent pour prendre place dans le stade. Des haut-parleurs vrombissaient les commentaires de journalistes sportifs. Il y avait un tapage invraisemblable. Chacun y allait de sa petite analyse, tout en draguant les filles. Les marchands ambulants tentaient de fourguer bières, Fanta, beignets et autres arachides.

Il faisait chaud pour une saison des pluies.

Cette radio à tue-tête. Son grésillement. De plus en plus irritant.

Gaspard, le plus âgé du quatuor, assis à côté de Vincent, s'était redressé sur l'enceinte du terrain. Une bouteille de Primus à la main.

— Y a trop de parasites[1] ici ! Coupez la sono ! On n'entend rien !

---

1. En particulier durant la période du génocide (1990-1994), les Tutsis étaient déshumanisés par les termes « parasite », « cafard » (*inyenzi*), « serpent » (*inzoka*).

Il avait décoché un coup de talon à Vincent. En plein plexus. Vincent lui a sauté à la gorge. Vite dominé par une grêle de crachats et de poings, venus à la rescousse de Gaspard.

— Vas-y, Gaspard ! hurlait la foule amassée autour d'eux. Écrase-le, ce parasite ! Écrase-le ! On veut écouter la radio, nous !

Les joueurs avaient interrompu la rencontre. La police était intervenue. Elle a embarqué Vincent à Muhima. Chez son bistrotier de père, ce géniteur de saboteur. Elle l'avait mauvaise, la police, de manquer la suite du match. Elle avait soif, aussi. Très soif.

Le cabaret était au bout d'une ruelle défoncée, derrière un bâtiment public. Les voisins se sont bousculés pour avertir Célestin des ennuis de son fils.

Il y avait eu. Un père soulevant son enfant. En sang. Côtes amochées. Jeté à même le sol. Dans la poussière de la venelle, ses détritus, un zeste d'égout. *Avant*, il n'y avait pas de trottoirs. C'était inutile. Quinze pour cent de la population étaient un paillasson.

Il y avait eu. Des liasses de billets. Un ordre aigu de charger des casiers de bières dans la camionnette. Un claquement de portières.

— Vincent. Demain dès l'aube, tu prendras le bus pour Buja[1], chez ton oncle maternel. Jusqu'à Noël, histoire qu'ils se détendent.

Ç'avait été l'unique phrase de son père.

Des voisins du cabaret, dont deux beaux-frères (note bien ça, Lo), ont calomnié la disparition de

1. Buja pour Bujumbura, capitale du Burundi, pays à la frontière sud du Rwanda.

Vincent. Rappelle-toi cette époque formidable. Le déclenchement de la guerre. L'avènement de la vérité, selon l'Évangile de Caïn. Pouvoir, dans la lumière triomphale du jour, détruire peinard les Tutsis. Accusés de traîtrise. D'allégeance à la rébellion. Voire, dans le cas de Vincent, d'intégration.

Alors. Un vendredi soir de décembre 90. Quinze jours après l'esquive burundaise. Au cabaret de son père, Kwa Célestin. Il battait son plein. Inopiné. Un silence. Juste, le bourdonnement de la télé. L'agitation dans la cuisine. Le bruit des chaises. Reculées. La reprise des conversations. L'ouïe. Aux aguets.

Ils étaient là. Les militaires du quartier.

Célestin a déposé son plateau. Il les a accueillis. Il a légèrement bégayé.

— Bienvenue. Que puis-je vous servir ?

Le courtaud du groupe lui a répondu par une monumentale gifle. Célestin a vacillé. Ses lunettes se sont cassées.

— Espèce de traître ! Nous venons chercher tes fils.

Célestin a voulu négocier. S'est fait tanner le cuir. Là, dans son établissement. Devant sa clientèle. Lâche. Complice. Ou menacée. Devant sa femme. Ses enfants.

Les deux filles, les cadettes, aidaient leur mère aux fourneaux. Les trois garçons, des jeunes hommes dans la vingtaine, étaient attablés avec leurs oncles paternels par alliance et des amis. Ils jouaient aux cartes et buvaient des bières.

L'arrestation des frères aînés de Vincent, lesté chacun de deux casiers de Primus, a pris cinq minutes.

Tu connais le pays. Tout le quartier était là. Enfin, tout. Caïn. Attroupés, pour goûter l'algarade.

Donc. Vincent recouvrait des forces à Buja. Ses frères étaient écroués à Ruhengeri[1]. Pour haute trahison. Les beaux-frères, tu vois, d'obscurs scribouillards administratifs, ont récupéré le commerce de Célestin.

Tu connais le pays. Les familles. Les nôtres. Tu nous connais.

Ni scandale. Ni frontal.

Scénariser la concorde.

Les visages étaient lisses. Amènes.

Les beaux-frères, Caïn dévisagés, n'ont pas été confrontés. Trop risqué.

Célestin n'a rien dit à ses sœurs. Ses sœurs n'ont rien dit à Célestin. Tous se parlaient, personne ne se disait rien.

C'était beau à voir cette entente familiale.

Cette capacité à rester joyeux en phase terminale.

Désormais, le bar affichait complet en permanence. Kwa Célestin était devenu l'officine des soldats du quartier Muhima et de sa pègre. Ils drainaient derrière eux un cortège de lèche-bottes, de maîtresses, de putains et d'ivrognes. Servis par Célestin. Dégradé garçon de café. Rabaissé. Tu sais comment l'Afrique siffle le personnel domestique, cet innommable, pour l'appeler. Sa femme, maintenue à la cuisine. Ses filles, promues. Elles travaillaient en salle maintenant. Plus seulement le week-end. En journée, après l'école.

Les clients les appréciaient. Ils s'essuyaient les yeux sur leurs fesses prénubiles. Improvisaient des correspondances baudelairiennes. Par exemple. Entre leur humidité fantasmée et la fraîcheur de la Primus. Ils patientaient leur tour. Question de principe. D'être

1. La ville de Ruhengeri, au nord du pays, a été renommée Musanze.

corrects. D'abord, les beaux-frères. C'était devenu leur commerce. Leurs biens. Des imbéciles de Tutsis, suppôts des *Inkotanyi*, les diffamaient en silence. Ils auraient fait incarcérer leurs propres neveux pour pouvoir spolier Célestin. Exproprier ses filles de leurs corps.

La vérité éclatera ! Un jour.

Ce jour est advenu. Dimanche, 23 décembre 90. Fin d'après-midi. Chaud.

Célestin était au marché central à l'arrivée des militaires. Énervés. En effet, ils accusaient les petites sœurs de Vincent, *ces orgueilleuses*, de traîner à dessein pour les servir. Que cette insolence, ça commençait à bien faire. Ils ont pris à témoin la clientèle, déjà nombreuse, affluant du culte religieux ou des obligations familiales.

Alors. Les soldats se sont servis. Sur elles. Dans les chiottes.

La mère criait. Ils lui ont beuglé de la fermer. Elle n'a pas obtempéré. Ils l'ont abattue.

Célestin, les militaires ne l'ont pas vu entrer, s'est précipité sur son épouse. Il s'est fait frapper. Railler. De chien renifleur de charogne.

— *Icyitso*[1] *!* Apporte des bières !

Je te l'ai écrit. À Istanbul, Vincent m'a saturée de détails. Je t'en fais grâce.

Les soldats ont empoigné les filles, dénudées, hors des toilettes.

Ils les ont tapées par terre. Au milieu du cabaret.

Claironné.

— *Noheli nziza*[2] *!* Tournée générale !

---

1. « Espion ».

2. « Joyeux Noël ! »

## Kigali, dimanche 25 mars 2018

Lawurensiya, tu es là ?

La nuit du 23 au 24 décembre 90, la mère et les cadettes ont été liquidées. Vincent est rentré au Rwanda pour le réveillon de Noël. À Kigali, au terminus du bus, il a rencontré Clotilde, la mère d'un de ses trois amis. Elle lui a raconté *les incidents* de la nuit.

Lawurensiya, retiens bien aussi le prénom de cette imposteure, *Clotilde.* La salope, va !

Je continue.

Lo. Tu connais les gens. Quand c'est gratuit, on accepte de faire la queue.

Vincent insistait sur l'absence d'émotion de son père.

— Mon père. C'était quelqu'un, tu sais.

Célestin avait assisté aux viols de ses filles. Impassible. (C'est resté dans les annales du quartier Muhima.) Lo, tu penses bien, le Célestin, jamais il ne leur aurait offert ce plaisir.

Les filles raidies, le bistrot s'était vidé. Les militaires ont embarqué Célestin et ses sœurs, sur l'insistance de leurs maris, les beaux-frères, gavés de leurs nièces.

Le lendemain. Le 24 décembre 90.

Le bus venant de Bujumbura s'est garé à midi pile en ville. Vincent est descendu, heureux et inquiet. Il s'est arrêté cinq mètres plus loin pour acheter une cigarette. Il était en train de la griller, assis sur un pick-up en stationnement, quand une femme lui a fait un geste discret.

Il n'a pas cillé. Elle tenait un coin de son pagne sur la bouche.

Il a reconnu Clotilde, la mère d'Antoine. Un du quatuor. Elle s'est appuyée sur la camionnette, à distance de lui. Ils semblaient être deux passants, par hasard accolés au même véhicule. Elle a dénoncé la veille. Les meurtres de sa mère et de ses sœurs. Elle pleurait sans bruit. Antoine… Lui aussi. Il avait fait la queue… Il s'en vantait dans les estaminets. Clotilde a refusé d'énumérer les noms des violeurs. *Ce serait trop long.* Vincent l'a crue. Elle dénonçait son propre fils !

— *Mwana wanjye*[1], réfugie-toi à Buja.

Elle refusait de l'abriter.

— Tu ne comprends pas ou quoi ? Tes amis intimes, mon Antoine, tes oncles, leur famille, *baragushaka*[2]. Tu ne comprends pas ? Ton père, tes frères et tes tantes paternelles sont en prison. Ta mère et tes sœurs, décédées.

Vincent n'avait plus assez d'argent pour repartir au Burundi.

Elle lui avait glissé un billet et avait déguerpi.

Il était près de 13 heures.

---

1. « Mon enfant ». *Wanjye* utilisé seul, « à moi », est un terme affectueux.

2. « Ils te veulent » ou « Ils te cherchent ».

Il l'a regardée filer. Petite grosse dynamique.

Il la connaissait depuis toujours. Clotilde, la maman d'Antoine. Antoine.

Elle lui a sauvé la vie.

Lawurensiya, il est 1 h 30 du matin.

Buja. Arrivée vers 20 h 30.

Vincent s'est rendu directement au bar fréquenté par son oncle maternel. Présent. Entouré de sa bande de gais lurons. Des Rwandais.

Personne n'a posé de questions. Personne n'a plus parlé, non plus.

Ils ont partagé des bières. En silence.

Rentrés tard.

La tante a ravalé des récriminations à la vue de Vincent. Elle a écarquillé les yeux. Étouffé un cri.

Ils sont allés se coucher.

La nuit. Vincent s'est relevé. Fumer dans la cour. L'oncle l'a rejoint. S'est assis à ses côtés. Sur le pas de la porte de son atelier de menuiserie.

— Vincent. J'ai besoin de savoir.

Vincent a soupesé chacun de ses mots. Pour protéger le tonton. Il a raconté. Avec prudence. Avec lenteur.

Les heures se sont écoulées.

— Vincent. Tu me dissimules quoi ?

— *Ndabura icyo mvuga*[1].

— Et en français ? C'est une langue sale. Comme eux. En français, tu ne peux pas ?

Alors. Vincent a débusqué les mots de l'humiliation. Son père. Ses cadettes.

— Vincent. Et ma sœur ? Ma sœur ? Ta mère ?

L'aurore les a accueillis au même endroit.

La tante a apporté un thermos de thé au lait à son mari. De la bouillie de sorgho très sucrée à son neveu. Vincent, ça l'a touché cette attention. Affaibli. Cette douceur.

Voilà.

L'année scolaire a repris. Il était en dernière année du secondaire. Il ne révisait pas. Il écoutait les infos. Il faisait du sport.

Trois semaines après le carnage de Noël, Vincent a eu dix-huit ans.

C'était le 22 janvier 91.

Le tonton s'était saigné. Il lui a offert un vélo. Pour lui, père de filles, Vincent était le fils manquant.

Le lendemain. Le 23. Les *Inkotanyi* ont attaqué la ville de Ruhengeri et libéré les leurs du pénitencier. En représailles, les massacres systématiques des Tutsis ont débuté.

Vincent a su. D'instinct. La mort de son père et de ses frères.

Le 23 janvier 91 était un mercredi. C'était l'après-midi. Il n'avait pas cours.

Il a attrapé son sac de foot. Fait signe à sa tante en traversant le salon.

Il est sorti.

Parti.

S'enrôler dans la guérilla.

---

1. « Je manque quoi dire », pour « Je ne trouve pas les mots ».

Lawurensiya,

La chaleur est en train de baisser. Je reviens de la cuisine avec un thé noir bouillant. Je lutte pour ne pas m'en griller une petite à la fenêtre. Pas le temps de m'asseoir au jardin. De taper la causette inévitable avec le gardien.

Je voudrais maintenant te raconter Istanbul.

Je n'étais plus une femme mariée.

À Istanbul, Vincent s'est livré. Reconnecté au néant. Un acte inouï. De violence contre lui.

Il s'était emparé de nos voyelles et de nos consonnes sales. (Il avait raison son oncle. Le français, une langue dégueu. Au vocabulaire fortuné à millions, de ses crimes.)

La Turquie se voulait une célébration. Je n'étais plus une femme mariée.

On s'aimait.

Désormais,

Sans retenue.

À faire et à dire ce qui vient.

Dans le sentir. Aimants devenus désobéissants.

Nos ventres se sont embrasés. À force de les frotter, d'encastrer nos chairs,

On a desquamé nos peaux.
De lamelles à lambeaux,
Atteint les muqueuses,
Plaies suintantes,
*Caïn.*
Vincent a eu peur,
Du raz-de-marée de ses sentiments. De mes émotions.
De sa propulsion vers,
L'arrière,
Hier. La Destruction.
Vincent,
À nouveau naufragé,
Du ressac,
Du retour implacable des vagues sur elles-mêmes – aimer,
De leur fracas contre un obstacle – la terreur de la perte ou de la dépossession de l'Aimée.

Kigali, lundi 26 mars 2018

Lawurensiya,

À la fin du récit de Vincent sur son enrégimentement,

Après un *mezze* gargantuesque dans la chambre,

La nuit de mon arrivée stambouliote,

Vincent m'a déshabillée d'un fourreau noir sur escarpins à talons hauts.

Enveloppée de notre soie fuchsia,

Jurant de conjurer le froid de ses bras.

Il m'a entraînée au Reina Club,

Large piste de danse avec un bar central et des restos à l'étage,

Une folie électro sur le détroit mer Noire-mer de Marmara, près du pont côté européen.

Environ deux mille personnes déchaînées,

Le Bosphore,

Partout.

Bouteille de gin Hendrick's. Sec pour lui, *lemon* pour moi.

Vincent appuyé au zinc, manches retroussées sous le coude,

Je suis enchâssée dans ses bras, sa transpiration nous scotche. J'adore !

Il me tourne vers lui, je me hisse dans ses étoiles cendres.

Je ris ! Pompette !

Mes lèvres sur une clavicule, mon prude a détaché un bouton de sa chemise,

S'est penché vers moi, tentant de me dire quelque chose.

Son odeur, ce bruit, j'entends rien ! M'en fous !

Il a insisté. Coincé mes doigts. Éclaté dans mon oreille pour couvrir le délire électro.

— Ton alliance ! Enlève-la !

— Mon alliance ?

J'avais levé des yeux inquisiteurs sur lui. Croisé son regard. Inflexible. Terrible.

Je n'en avais jamais porté. Déjà, je ne voulais pas contractualiser l'amour…

— J'ai été patient, tu ne crois pas ? Je ne la supporte plus. Enlève-la !

J'ai revu dans un flash la scène chez Maman Double, à Bruxelles. Vincent faisant rouler sur mon annulaire droit le monstre annelé, accusateur. Notre flirt éhonté. L'embarras d'*Afande* Bosco, de Diane.

Au Reina Club, je n'ai pas ergoté. Pas banalisé la signification de ce bijou, reçu pour fêter notre concubinage, préliminaire aux noces. Je n'ai pas non plus glosé sur la vulgarité du mariage, proclamation publique d'un engagement si privé.

J'ai tiré Vincent vers la balustrade.

— Viens ! Allons la balancer dans le Bosphore !

J'étais éméchée. Euphorique !

Je me souviens de son bras autour de ma taille.

Dehors, je me suis agrippée à son épaule pour prendre un élan.

Comme pour un boomerang.

Exécuté un ample mouvement de lancer vers le détroit. Projeté la chose.

Senti le petit froid affreux de l'automne en nocturne.

Vincent m'a poussée vers l'intérieur. Je me souviens de ses mains sur mes reins.

Au comptoir, le serveur changeait nos verres. Il m'a tendu le mien avec un sourire. Pas mal, ai-je pensé.

Vincent m'a reprise contre lui. J'ai dégluti une gorgée. Sensation d'une lésion désinfectée aux piments rouges.

J'ai secoué la tête pour chasser Michaël.

Lawurensiya, le boomerang. Cette arme de jet australienne. Capable, en tournant sur elle-même, de revenir en direction de son point de départ.

Sa lame de bois courbée. Elle m'a tailladée.

Lo, je continue.

À l'aube, retour à l'hôtel avec une des navettes du Reina. Je suis recroquevillée sur les genoux de Vincent, il tient mes chaussures. Séquence suivante. J'entends parler kinya. Il fume au lit en écoutant une radio rwandaise.

Il est incroyablement détendu. Il sourit en m'observant m'étirer. J'ai mal aux articulations.

— Quelle heure, Vincent ?

— Passé midi. J'ai faim ! J'ai besoin d'un café. C'est médical !

Il m'a attirée dans ses bras.

— Viens ! Je t'emmène près du Bosphore. Dans le quartier d'Emirgan, à côté du musée de l'art calligraphique.

Lawurensiya, toi qui aimes l'eau, la bouffe pléthorique, les tablées gaies, tu craquerais pour le Sütis ! Nous avions patienté un bon quart d'heure pour avoir la place convoitée par Vincent. Une petite table à la fenêtre, avec vue sur le Bosphore, dans une encoignure de la vaste salle lumineuse aux hauts plafonds. On avait choisi un petit déjeuner traditionnel et un assortiment de pâtisseries. Quand le serveur est arrivé avec une desserte, à la quantité, j'ai cru à une erreur. J'ai soupiré ! Paraphrasé les moqueries de Tata Gaudé sur mon pétard, ma *boutique d'huile de palme zaïroise*. J'aimais ça, avec Vincent. Ce n'était possible qu'avec lui. Parfois. Plaisanter sur *avant*. Parfois. Faire allusion à ma Gaudé.

— Ta tante ignorait-elle qu'un corps sans fesses c'est un corps sans âme ? a-t-il blagué.

J'ai rougi et plongé dans mon *tavuk gögsü*, une curieuse gelée à base de blanc de poulet, de riz, de lait, de sucre et de cannelle.

— Ton pudding, ça me rappelle une anecdote de ouf à la Libération !

Vincent était à La Sierra. Tu t'en souviens Lo, de ce cabaret au centre-ville ? Il n'existe plus.

À l'époque, décrivait Vincent, La Sierra était bondée en permanence. C'était un des bars favoris des *Inkotanyi* et de la diaspora rentrant du Congo-Zaïre. L'anecdote en question est survenue un crépuscule d'août 94, un mois après la chute de Kigali. Vincent était en train de picoler avec des collègues soldats. Ils étaient encore en uniforme et armés jusqu'aux dents. Un gradé avait interpellé Vincent. Il était affublé d'une femme. Julie, une humanitaire francophone. Une Suissesse – il ne l'aurait pas juré. Peut-être une Belge ou une Française.

— Tu pratiques son sabir, justifiait l'*Afande* à Vincent. Débarrasse-nous d'elle ! Les Blancs, c'est bon là, on a donné. Règle-lui son compte ! Débrouille-toi ! N'importe ! Je veux plus la voir traîner ici.

La Julie voulait montrer à Vincent des documents militaires interceptés par son ONG. Non, sa hiérarchie ignorait sa démarche. Elle pensait détenir des infos importantes. Pourrait-il les lui traduire ? Non, elle ne les avait pas sur elle. Ils étaient à son hôtel, le Gloria, plus bas, dans le quartier commercial. Lo, j'en profite pour te glisser le succès de sa rénovation, la terrasse est très agréable.

Au Gloria, Julie avait précédé Vincent dans les escaliers.

— J'ai maté son cul. Un vrai cul, tu vois. Avec des hanches. Des cuisses. Plantureuses. Je t'assure, j'étais pas intéressé. Mais il était là. Il se tortillait à chaque marche. Là. Devant moi. Il étouffait dans une petite robe safari.

— Tu étais prêt à le délivrer ?

Vincent n'a pas entendu. Concentré sur son récit. Il rallumait une cigarette. Poursuivait sa narration.

Il n'avait pas refermé la porte derrière lui. Pour ne pas l'insécuriser.

La chambre était minuscule. Il s'était assis sur l'unique chaise. En attente du dossier.

La situation avait basculé. Julie avait verrouillé la porte. Ça l'avait oppressé, Vincent.

Ils s'étaient regardés. Il avait remarqué ses yeux clairs. Vincent, il n'aimait pas cette transparence. C'est indéchiffrable, reprochait-il. (Il s'est penché vers moi, confus. S'est excusé, espérant que Papa, *Imana imube hafi*[1], n'avait pas de pareils iris.)

1. « Que Dieu veille sur lui », « soit à ses côtés ».

Elle lui avait tendu des papiers. Déclaré crever de chaud. Vouloir se mettre à l'aise. Elle avait ôté son vêtement. Comme un mec, ça l'a marqué Vincent. Par le haut. En l'attrapant à la nuque.

Lawurensiya, Vincent s'est tu. Il cherchait ses mots pour me relater cette scène, soucieux de me rappeler le contexte de la prise de Kigali. Il a hésité.

— Ne le prends pas mal. Vous, à l'étranger, vous célébriez la victoire. Nous, on était amers. On arrivait trop tard. Trop tard, pour la plupart. Pour les nôtres. Moi, tu vois, j'avais d'autres priorités que le cul. Et puis, pardon, baiser des squelettes... Passer après les *Interahamwe*[1]...

La Julie, se souvenait-il, elle avait une coupe courte à la garçonne avec une frange effilée. Des cheveux duveteux et embaumés. Elle débordait de seins, de fesses ! Elle avait une couleur de pain doré. Elle était appétissante.

Il a ri.

— Tu vois le pudding vanille du Dr. Oetker ?

— Ouais ! À Kin, ma mère en faisait des glaces.

— Eh bien, la Julie, elle ressemblait à ça ! Tu sais, quand il est encore tiède, crémeux...

À ce stade de la narration, Vincent a commencé à transpirer.

La Julie s'était affalée sur le lit.

Lui, il était encore assis sur la chaise. Il observait. Hypnotisé.

Il a ri.

1. Milice génocidaire.

— J'avais pas d'expérience, tu sais. Ouais, j'avais déjà tiré des filles. À la hussarde. Vite fait. Des servantes. Des putes.

Julie avait retiré ses dessous. Elle fixait Vincent.

— Elle a…

Vincent a trébuché sur les mots.

— Elle s'est masturbée. Dit des trucs graveleux…

Il était fasciné. Il n'avait jamais vu le sexe d'une femme en gros plan.

Un sexe,

Entier. Intact.

Sublime.

Bien sûr, il en avait déjà vu. Des défigurés. Des qui en avaient bavé. Il en avait dégagé des monceaux. Sur les routes ou leurs bas-côtés. Sur les collines. Dans les habitations. Les étables. Les niches. Les lacs. Les rivières. Les marais. Bref. Partout.

Julie le voulait. Elle l'avait appelé.

Vincent s'était levé pour ranger sa kalachnikov au-dessus de l'armoire.

Il avait retiré son treillis. Le dessus. La veste. Lentement.

Conservé son pantalon. Dans une poche latérale, il y avait un poignard.

Il s'était approché. Magnétisé.

Elle avait attrapé sa main. Le majeur droit. Elle l'avait coulissé contre une excroissance. Un machin turgescent. Luisant. Rouge violacé.

— Elle s'est mise dans un de ces états !

Elle lui avait dit le nom en français – Vincent ne s'en souvenait plus. Il avait fait le lien avec des fanfaronnades d'aînés au front. Les mecs, quand ils manquaient d'eau pour l'hygiène, pour la soif, ils évoquaient celle qu'ils faisaient abonder de l'entrejambe de leurs amantes.

— Elle a mendié ma bouche sur son bidule. Ça m'a horrifié !

Elle l'avait déshabillé. Vincent avait roulé son pantalon militaire sous la tête, en coussin. Prudent.

Il s'était allongé sur le flanc. Sa main prise en otage. Engluée.

Elle s'était emboîtée à lui. Elle était petite.

Il n'a pas aimé la gloutonnerie de Julie. Ni son odeur. Ni la texture de sa peau.

Elle avait susurré avoir un fantasme.

Vincent avait su. D'instinct. Quelque chose de l'ordre de la violence.

Il n'avait pas réagi. Mais en alerte. Sur le qui-vive.

Julie le caressait du bout de la langue.

— Le canon de ton AK-47…

Vincent avait dit ne pas comprendre.

— Je le veux. Prends-moi avec.

Pour gagner du temps, récupérer ses doigts, Vincent lui avait demandé la bouteille à ses côtés. Il s'était rincé les mains à même le lit, renversant de l'eau sur elle, sur les draps. Elle lui bouffait le membre (la formule est de Vincent). Elle voulait, haletait-elle, se faire baiser avec son flingue d'assaut. Celui de la Rédemption ! Vincent avait éjaculé malgré lui. Julie, gémi. Il avait halluciné des geignements de femmes, des râles.

Il s'était rhabillé en hâte.

— Que se passe-t-il ? demandait Julie.

Elle l'avait enlacé. Il l'avait repoussée avec dégoût.

— Je ne t'ai pas touchée ! Ne me touche pas !

Elle était revenue. Lascive. Vincent lui avait mis une raclée. Promis de la tuer, s'il tombait sur elle lors d'une patrouille. Si elle osait se pointer à La Sierra.

À la réception, il avait secoué l'employé par le collet.

Exigé une chambre avec eau chaude pour se laver. Du savon. Une serviette.

Exigé une bouteille de whisky cachetée et des cigarettes.

Il s'était récuré. Il avait rapporté la clé. Le réceptionniste claquait des dents de panique. Il n'avait pas de whisky. Seulement du waragi et un paquet de clopes, déjà entamé.

Vincent était retourné à La Sierra. Rassis à la même table. Exhibé son butin.

Lawurensiya, au Sütis, j'ai questionné Vincent.

— Tes collègues militaires n'étaient pas curieux de savoir ?

— Ils m'ont applaudi pour l'alcool ! Chahuté, à propos de l'humanitaire.

« C'est une petite *Interahamwe* », avait-il lancé aux grivois.

Voilà, Lawurensiya.

Nous finissions de manger. Après cette anecdote, comme la nommait Vincent, il avait souhaité prendre l'air, se promener au bord de l'eau.

Moi aussi, j'avais besoin de respirer. Je voulais visiter le musée à côté. Vincent n'avait ni voulu m'accompagner ni que je paie mon entrée. Il m'avait attendue sur un banc, à l'extérieur, malgré le froid.

Retour pédestre. Par un détour considérable pour longer le Bosphore.

À l'hôtel, il était descendu au hammam. C'était le jour des hommes.

Seule dans la chambre, je me suis enfermée. Assise, nue sur le bord de la baignoire. J'ai inspecté mon vagin avec le petit miroir de mon poudrier.

Il avait décrit celui de Julie. Rouge violacé. Boursouflé.

J'ai fait couler un bain. Je me suis décapé la peau au gant de crin recouvert d'exfoliant.

Vincent a toqué à la porte près de deux heures plus tard.

Il s'y est adossé. Il était incroyablement détendu.

Vincent.

Il a détaché mes cheveux. Enfilé le chouchou en pagne à son poignet.

Enlevé ma nuisette. Le cordon de son peignoir.

Il m'a étreinte à me briser les os.

Prise.

5 h 42 du matin. Je fatigue, Lawurensiya.

Je viens d'ouvrir la fenêtre de ma chambre pour écouter la symphonie matutinale. Je les vois, les oiseaux, ils pépient dans les palmiers du jardin. C'est une des rares fois où ce spectacle ne m'attendrit pas. Le soleil au ralenti de la saison des pluies. La rosée sur les fleurs, sur l'herbe, sur les choux blancs du potager. Les bribes d'agitation de la ville. Les radios des gardiens voisins et du nôtre, bien sûr pas réglées sur la même fréquence. Et dessus cet ensemble, étrangement, une quiétude. Le bonheur est auroral, tu ne crois pas ? Puis émerge la conscience et chavire le cœur.

Lo, il me reste un dernier point pour vraiment en finir. Laëtitia, son ex-épouse. Avant, je peux vite te raconter un incident ? Je voudrais revenir sur une des petites phrases cycliques de Vincent. Je ne l'entendais pas. Peut-être parce qu'on aimait inclure des jeux érotiques à nos infinies conversations ? Vincent marchandait !

— Pour la réponse à cette question, remonte ta robe au-dessus des genoux.

On négociait âprement. Degré par degré. Pièce par pièce. Un élastique de cheveux contre sa montre. Des boucles d'oreilles contre ses chaussettes.

Mais on ne lâchait pas le débat. Souvent, je me rétractais. J'embrassais sa peau.

— Vincent, mes questions… Je peux ?

— Caïn, c'est pas un sujet. Mais toi, tu cherches à comprendre. Demande-moi ce que tu veux. Quand tu veux. Comme tu veux.

J'insistais.

— Vincent, tu es sûr ? Je te fais pas mal ?

Lawurensiya, il avait cette petite phrase :

— Tu te fais mal à toi-même. Il n'y a rien à comprendre. Rien !

Ainsi, un jeudi soir d'interminables conciliabules.

Nous étions dans la cour d'un bar populaire à Musanze[1]. Nous revenions d'une excursion au lac Ruhondo, un site à deux mille mètres d'altitude, face à la chaîne des volcans. Lo, Vincent, c'est un patient tu sais.

— Tu ne comprends pas ! Il n'y a rien à comprendre ! L'extermination, c'est pas une catégorie de l'entendement. C'est un hors-la-vie dans la vie. Prends. Tu *dois* prendre.

Il avait posé ses lèvres sur ma joue.

— Je ne voudrais pas manquer de respect à ton père, *Imana imube hafi*. Chercher à appréhender la vie, c'est la névrose des Blancs. La vie, faut la vivre. C'est tout.

Il nous avait allumé des cigarettes. J'aimais ce geste.

---

1. Nouveau nom de la ville de Ruhengeri, au nord du Rwanda.

— Il n'y aura ni délivrance ni expiation. Rien, *nada* ! C'est celle-là, la nécessité de l'unité et de la réconciliation. La progéniture des bourreaux n'est pas responsable des crimes de sa famille. Tu crois quoi ? Elle va se mortifier ? Tandis que la descendance des victimes, leurs proches, les nôtres, ta mère, Lawurensiya, nous, mon fils, ses gosses, tes neveux, nous n'en finirons pas de métaboliser 94.

On s'était tus.

Nous buvions du waragi. Lui, au goulot. Moi, dans un verre, avec du Fanta citron. Il avait réclamé un cendrier, jamais arrivé. Il écrasait les mégots au sol. Le manager s'était pointé. Embêté. Des clients, avait-il bafouillé, se plaignent de la fumée.

Vincent avait ajusté sa casquette. Baissé d'un ton. Un ton trop bas.

— Ah bon ? Ils ne veulent pas partager l'air ? Offre-leur une bière de ma part. Ou, s'ils préfèrent, je veux bien leur enseigner une petite chanson. Tu la connais, toi ? *Intsinzi*[1] ?

— Oui, *Afande*, merci beaucoup, je vais communiquer votre proposition.

Le manager, livide, s'était éloigné à reculons. Le cendrier, apporté. Les pneumologues d'opérette, neutralisés. Tu connais les frères. Ce calme dans la brutalité des échanges. Je te l'ai écrit, Vincent ne tournait jamais le dos à l'entrée et aux toilettes. Nous étions installés au fond de la cour, un peu isolés. Impossible d'incommoder qui que ce soit.

1. « La victoire », chanson de la Libération, écrite par Mariya Yohana.

La scène m'avait choquée.

— Du coup, il te sert de l'*Afande* !

— Ce sont des connards. Dis ? On dormirait pas à Musanze ? Il est tard et y a encore deux heures de route.

Il avait son regard sans échappatoire. Des yeux blindés de spermatozoïdes à cran. Ça se passerait donc comme suit. On entrerait dans la chambre. Il se laverait les mains. Il m'enjôlerait dans ses bras. Me presserait contre son bas-ventre inflammable.

— Serre-moi fort, murmurerait-il. Tu veux bien ?

Nous avons été loger dans une pension bon marché, tenue par des religieux.

À l'accueil, le sous-fifre s'est préoccupé de savoir si nous étions mariés.

— Est-ce que moi je te demande si tu baises[1] ta femme ?

Il avait tendu les clés à Vincent sans nous faire signer le registre.

Ça s'est passé, presque, comme mentionné.

Il m'a collée à un mur. S'est plié. Visage blotti dans mon cou.

— Je suis trop nerveux. J'ai peur de pas contrôler ma force.

Lui qui dort sur le dos, je l'avais obligé à s'étendre sur le ventre pour le masser en douceur. Il est grand, Vincent ! Ç'avait duré longtemps. Très longtemps. Jusqu'à ce qu'il se retourne. Son regard, Lawurensiya ! Deux étoiles cloacales. Soudain, j'ai pensé. Musanze. Ruhengeri. Le 23 janvier 91. L'attaque de la prison par

---

1. Jeu de mots en kinyarwanda : *kurongora* signifie « se marier » ou « baiser ».

les *Inkotanyi*. La mort de son père et de ses trois frères. Son enrôlement. Y avait-il un lien ? Je ne sais pas.

Il m'a allongée sur lui.

— Bouge plus.

Il s'est enfoui dans ses ténèbres.

Je n'ai pas fermé l'œil. La nuit avait été sans répit, comme celle-ci. Il va être l'heure de m'apprêter. Il n'a pas plu, la journée sera chaude. Enfin. Laëtitia, annonçais-je. Oui, je tiens à terminer ! Qu'en dire, en fait ? Je ne la connais pas. Et quand bien même ?

Ils se sont mariés trois ans après le génocide. En 1997. Vincent avait participé à la Libération du pays. C'était un héros. Auréolé du martyre d'avoir perdu les siens. Un label de qualité pour cette protestante pratiquante. Tu connais les chrétiens, ces fétichistes de la tristesse, grands adorateurs de la souffrance. Donc du racisme, cet infatigable fossoyeur.

— Laëtitia, ricanait Vincent, elle voulait s'épanouir. Elle n'avait pas d'idée personnelle sur le sujet. Elle comptait sur son mari, sur moi. À défaut, sur les hommes. *Compter*, soulignait-il, c'est le verbe approprié.

Vincent décevait Laëtitia. Elle le lui signifiait. Il était un ouvrier quelconque. Chauffeur de voiture d'un ambassadeur. Et encore. Un diplomate subsaharien. Elle accumulait les frasques adultérines. Vincent, les cadavres de bières dans son foyer, je veux dire, au cabaret d'à côté.

— Vincent, ça ne te blessait pas ses tromperies ?

— Si. Que pouvais-je faire ? Je la mettais en garde. Ça finirait mal. Il y avait le petit aussi. Je m'en occupais. Je la laissais s'empêtrer.

Comme dit Maman, tout a une fin. La fin était arrivée. Au départ, l'introversion de Vincent était sanctifiée. La marque de la bravoure. De la virilité. Ensuite, son silence aurait rendu Laëtitia hystérique. (J'utilise le conditionnel car je n'ai que la version de Vincent.)

Laëtitia renchérissait sur la provocation.

— Elle regrettait que les *Interahamwe* m'aient raté. Elle m'insultait. M'accusant de savoir où étaient cachés les assassins des miens et d'être incapable de faire justice, de réhabiliter leur dignité.

J'étais épouvantée ! Je ravalais des larmes. (Tu sais, il faut éviter de pleurer devant des rescapés. Ils pourraient se noyer.) Lui, il riait. Oui, Lawurensiya. Riait, indicatif imparfait de « rire ». Il minimisait ses injures.

— Elle est bête. Elle n'a rien compris. Elle est repartie vivre en Ouganda. Tous ces diaspourris[1] me débectent avec leurs amalgames. Caïn et Hutu. Tous les Caïn sont des Hutus, tous les Hutus ne sont pas Caïn. D'ailleurs, sans certains d'entre eux, il n'y aurait pas eu un seul survivant.

Il la cinglait.

— Je rétorquais à Laëtitia avoir plus à partager avec un Hutu qu'avec elle et ses élucubrations débiles sur la vengeance. Elle, elle avait perdu quoi ? Qui ?

Chronique d'une inexorable dégradation. Déjà à Bruxelles, Vincent me racontait. Une foultitude d'incidents sur leur pénitence conjugale. Il avait exigé le divorce.

— Laëtitia, synthétisait-il, elle a un logiciel de putain.

---

1. Français du Congo-Kinshasa. De « diaspora » et « pourri ».

Kigali, vendredi 30 mars 2018

*Il y a un sous-marin ennemi qui en voulait à mon amour*[1]

Lawurensiya,
Ce matin, je me suis réveillée avec ce vers d'Apollinaire.
Avec le manque de Vincent.
Vincent.
Cette risible illusion d'avoir cru en finir avec lui,
En quelques lettres, à toi destinées.
Lawurensiya,
Je sais t'avoir promis de te présenter James, mon frère adoptif et un proche de Vincent.
Je sais t'avoir promis de te présenter les membres de ma famille de substitution.
J'ai plus urgent. La raison même de l'écriture de ces lettres,
Déclenchée par ton lapidaire *Lâche prise et arrête de vouloir le posséder !*
Lawurensiya.
Ça y est.

1. Apollinaire, « Obus couleur de lune – Il y a », *Calligrammes*.

Je suis dans le noyau de ton impératif.
Celui de te raconter comment, dès le Nouvel An 2014,
Un mois à peine après Istanbul,
Un mois à peine après nos chorégraphies sur mots affranchis,
Elle est revenue.
Maléfique et submersible,
Métastaser Vincent.
Elle est revenue,
Violente comme le vide de l'absence des nôtres,
Transmuer nos aspirations stambouliotes en mirages,
Saccager Vincent – comme elle le fait de la mère,
Me broyer – comme elle l'a fait du père.
Elle.
La peur.
La peur. Exsudation sans discontinuer. Telle une fin sans fin de menstrues.
La peur. Traînée ! De sang,
Dissimulé. Tu. Tu, é.
1959 à maintenant. Là,
En cette année 2018 d'écriture,
Aimer. C'est mourir.
Trop, risquer.
De perdre. D'être dépossédé de.
De ne pas être à la hauteur. De ne plus l'être.
Aimer, Lawurensiya, interroge Maman. C'est mourir.
C'est être, à jamais,
Impuissantés,
Des nôtres pas sauvés.
Aimer, Lawurensiya, souviens-toi du père. C'est inguérissable.
Alors. Vincent. Il a choisi de renoncer.

Kigali, samedi 31 mars 2018

Voilà, Lo.

Vincent venait de m'annoncer sa promotion au sein de sa société d'exportation de textiles. Il passait du statut d'agent à coordinateur du département Afrique subsaharienne. Cette désignation nous a réjouis ! En plus de n'être basé qu'à six heures de vol de Kigali, il serait davantage sur le continent.

Je ne sais pas ce qui s'est passé. Quels démons intérieurs l'ont tyrannisé.

Il a appelé James. Un soir. Tard.

James était au cabaret.

Vincent ne l'a pas salué.

— C'est à propos d'Erika. J'ai peur de ne pas la rendre heureuse. Ou de l'abîmer. Je suis un pauvre type. Elle finira bien par s'en rendre compte. Elle me quittera. Je la perdrai. Ça me ravage, James. J'en dors plus. Je préfère anticiper et renoncer à elle. James, je t'en prie, veille sur elle.

— Y a quoi Vincent ? Calme-toi ! Arrête de boire autant ! Parle avec Erika avant de tout foutre en l'air ! Elle t'aime. Elle écoutera et ne te jugera pas, tu le sais.

Je ne la protégerai pas, non. Je suis son frère, moi. Pas son mec ! C'est pas le même job.

James a raccroché.

Vincent a atterri peu après. Le dernier week-end de janvier 2014.

Sans me prévenir.

J'étais en train d'attacher mon casque sur un taxi-moto quand « Mbabula[1] », la sonnerie de téléphone attribuée à Vincent, a tonitrué dans ma poche. J'étais devant le marché de Kimironko. Plusieurs automobilistes, des motards et des badauds se sont tournés vers moi en souriant. Tu connais les frères. La musique à fond dans la rue, ça n'existe pas.

Vincent ! Il appelait de Kanombe. L'aéroport. Comme d'habitude, il n'a ni dit bonjour ni pris de mes nouvelles.

— Je fais un saut une minute à Nyabugogo, puis je viens.

Lo, tu sais, la gare routière de Nyabugogo, elle est près de chez moi.

Nous étions deux mois après Istanbul.

En dépit de ma pratique des frères, j'ai négligé de vérifier si la minute en question c'était la même journée ? Le même mois ? La même année ?

---

1. Koffi Olomidé, album *L'Orfèvre*.

Lawurensiya ! Le Vincent dèh !

Il est réapparu quatre jours plus tard.

Bien propret. Haleine écœurante de dentifrice, d'alcool, de café et de cigarettes. James était chez moi. Nous étions sur la terrasse. Réunion de crise.

— Surtout, tu lui sautes pas à la gorge, a menacé James. Ni reproche ni interrogatoire. Erika, tu la fermes ! S'il se sent sous pression, ça va le braquer.

Alors. J'ai reçu Vincent à la locale, n'est-ce pas. Le mettre à l'aise. Conforter le petit garçon dans sa virilité. Tu connais les frères. Leur susceptibilité. T'avise pas d'interpeller ton homme. Faudrait pas qu'il s'imagine contrôlé.

C'était donc mon tour. D'avaliser ces comportements grossiers que je brocardais avec force. Alors. Comme les tantes avec les oncles. Les copines avec leurs maris, leurs fiancés, leurs amoureux ou leurs amants, j'ai remercié Vincent de nous rendre visite. Nous, c'est-à-dire mes colocataires et moi. Mes deux chéries. Zaninka et Coco.

Ne pas me donner de l'importance.

En français élémentaire, *m'écraser*. Élaboré, *m'assujettir*.

S'effacer. Être effacée. Une grande vertu de la femme rwandaise, aurait dit la mère.

— Arrête d'être vulgaire ! De dévoiler tes fragilités ! Tes sentiments !

Alors. À dater de ce dernier week-end de janvier 2014, j'ai interdit au gardien d'apporter à Vincent sa bière. Pour, moi, le servir.

Ici, les bières, c'est comme les couilles. On les fournit par paire. Et on, enfin *on*, on guette la dernière goutte de la bouteille pour décapsuler la deuxième. Et ainsi de suite.

Faudrait pas les faire attendre pour se soulager, vois-tu.

On qualifie cela d'être *attentionnée. Accueillante.*

Ça a dépassé ma colère. En déposant l'alcool sur la table basse, j'ai caressé la joue de Vincent. Il n'a pas bronché. James, en revanche, m'a fusillée du regard. Ordonné, d'un imperceptible mouvement du menton, de rappliquer à ses côtés, face à Vincent.

Un Vincent tendu. Nous étions tous les trois tendus. Comme une majorité du pays,

À débattre gaiement à bâtons rompus,

De rien.

À rire. Beaucoup. À taper les divers. À se renseigner sur les uns et les autres. À célébrer le pays. Ses succès…

James nous tenait à l'œil. Il occupait la parole.

James, Lo, c'est un Dom Juan. Son domaine de chasse, c'est les Blanches. Les anglophones de préférence. Une stratégie pour déjouer la surveillance à distance de son épouse, Assumpta, restée en Belgique.

Vincent s'est relâché. C'est un grand timide, tu sais. Il me lorgnait en coin. Entre rires gras et embarras aux historiettes de James.

Nous enfilions bières et cigarettes. James a questionné Vincent sur sa nomination.

Oui, a-t-il répondu. Dès le mois de mai. Il séjournerait plusieurs semaines à Kigali.

Je n'ai pas réagi. (Maman, ses recommandations culturelles de retenue.) Je me suis levée, une énième fois, pour ravitailler en bières fraîches. Vincent a attrapé mon poignet avec autorité.

— Assieds-toi près de moi !

C'était un canapé étroit. Nous étions serrés.

Il a sifflé entre les dents la sentinelle. Envoyé acheter du waragi. À la boutique de Papa Dany, au bout de la rue. James et moi, nous avons échangé un regard. Quand le veilleur a remis à Vincent un sachet en papier avec la boisson, j'ai de nouveau voulu bouger pour prendre des verres. Il m'a bloquée d'une cuisse. Fixée. De ses étoiles aveugles. J'ai vu son regard. Désarmant de douceur. Requérant une approbation.

Il a siroté son alcool au goulot. Chassé d'une main distraite les moustiques rôdant à la couture de mon petit short en jean. Il s'est laissé aller. Son épaule de plus en plus lourde contre la mienne. J'ai repoussé son bras sur le dossier. Il m'a rapatriée dans le creux de l'aisselle. Caressé la nuque. Les cheveux.

James et lui parlaient économie régionale, argent, boulot. Sous la paume de Vincent, dans ses odeurs, je me suis engourdie. Sans crier gare, Vincent est passé du coq à l'âne et du français au kinya. Une sorte de soliloque. À voix haute. Il a essuyé des perles de transpiration aux tempes.

Déclaré,

Enjoué angoissé,

Étoiles devenues cendres,

— P'tit frère, ça va être bon de passer un trimestre au pays, de mai à juillet-août.

J'ai frissonné.

Ils ont trinqué les yeux dans les yeux.

— Vincent, *turi kumwe*, on est ensemble. Erika. Moi. Tu le sais ?

— Ouais.

Kigali, vendredi 6 avril 2018

J'ai le cafard, Lo.
Je n'arrive pas à te parler de James,
Sans achopper sur notre frère.
Je traque.
Comment ? Comment écrire ?
Je trouve pas.
Patauge,
Dans les fondrières du frère,
De son club de rallye motocross.
Les compétitions organisées à même les cités,
De Kin-la-Belle. Capitale du grenier belgo-occidental,
Aux terrains éventrés par la corruption – les routes.
Pardon d'y revenir,
Lawurensiya,
À cet après-midi de joie ordinaire,
À cette voie, asphaltée car menant chez Papa Mobutu.
Le frère, il se la prend. À donf. Sur la roue arrière.
T-shirt en bandana sur le front, jean remonté sur les genoux.
Il est beau. Il sourit. Il est en train de gagner.
Il est heureux.

Mille gamins surexcités à sa suite. Les applaudissements. Les sifflets. L'hystérie des filles.

Des potes et moi escaladés sur le portail du resto La Devinière,

Pour un panorama sur la course.

Puis. Annonciateur. Un silence invincible dans mon corps.

Le virage au niveau du Palais de Marbre,

Il le rate. Il le rate. Il le rate.

Hurlées du public.

Son prénom,

Deux syllabes foudroyées.

L'éternité a un nom Lawurensiya,

Le frère.

Un espace,

Kinshasa.

L'éternité a un nom Lawurensiya,

Les frères.

Une date,

94.

Kigali, lundi 9 avril 2018

J'ai le cafard, Lo.

Il est près de 6 h 30 du matin.

Je suis dans un café.

Sur Mukiministre, la fameuse avenue d'*avant*. Au carrefour de ku Kabindi.

Je regarde les gens traverser. Les véhicules passer. Les policiers. Les feux de signalisation.

Il y a une terrasse ombragée. Des Américains attablés. Un Asiatique. Tu connais le pays. Boire ou manger à l'extérieur, là, en spectacle, c'est pas pour nous dèh. J'aime pas vraiment cet endroit. Trop bruyant. Le petit côté obséquieux du personnel avec les clients blancs. M'énerve. C'est à moins de dix minutes à pied de chez moi. Des fleurs à chaque pas. Je te jure. Des bougainvilliers, surtout. Des blancs, des jaunes, des violets. Des bosquets d'hibiscus fuchsia.

J'ai fui la maison. À défaut de,

Ma vie.

J'ai le cafard, Lo.

J'ai recouru à mes subterfuges habituels. Le meilleur de tous.

La rumba congolaise.

Explosive. Dans ma chambre. Dès le réveil. Vers 5 heures.

Coco a craqué. Très vite. Expédié un texto. *Erika, ton Koffi Olomidé, là, pitié.* J'étais passée aux écouteurs. Zaninka, c'est différent. Elle pourrait se reposer sur le tarmac de John-F.-Kennedy.

J'ai le cafard, Lo.

De le lire à l'écran, je me remémore… La tête de Vincent ! Le jour où James a utilisé cette expression devant lui.

— *Avoir le cafard ?* Ça veut dire quoi ?

James lui a expliqué.

— Hein ? *Inyenzi ?* Ils emploient le mot *inyenzi* pour traduire cet état ?

Vincent a voulu ajouter quelque chose. Il a posé une main sur le haut de ma cuisse.

— Je ne voudrais pas manquer de respect à ton père, *Imana imube hafi*. Mais…

Il s'est mordu la langue. Pour s'empêcher de. Je n'ai pas relevé. J'aimais cette délicatesse de Vincent. *Je ne voudrais pas manquer de respect à ton père.* S'il savait. À quel point je m'en torche ! De son opinion sur les Blancs. De celle des anciens ou néocolonisés complexés, c'est-à-dire les trois quarts de l'Afrique. De celle du cosmos.

Seul. Ce fait. À l'évocation du père, *Dokiteri Yohani*, mon athéisme chancelle.

En plein son visage, du père,
Il y a le tatouage de Dieu.
Un grand bleu,
Intersection entre ciel et mer des Caraïbes.

Étrangeté absolue,
En plein son visage, du père.
Ce grand bleu,
Mosaïque chatoyante au gré de la luminosité,
Diffractée,
Par les avatars du sensible.

Kigali, vendredi 27 avril 2018

Lawurensiya, si tu meurs, je le jure ! Je te tue !

Demande à Caïn. Les frères. Quelle plaie !

J'ai échoué à te l'envoyer. Ma dernière lettre. Encombrée

De cafards,

Des bleus, du père, du flux au jusant.

Je reprends mon épistolaire. Dix-huit jours plus tard. Il est 15 heures.

Lawurensiya, il était une fois, James. Un des amants de ma Diane. Devenu mon ami à Bruxelles. Mon frère adoptif à son retour au pays. Un *Inkotanyi*, aussi. Au front avec Vincent.

Lawurensiya. James. Il a transfiguré ma vie.

Dès son arrivée au pays. Un an après moi. En 2014.

J'étouffais, tu sais. D'avancer à découvert. En déficit. De vous. Toi, le frère, le père, la mère, les Tantes. Les nôtres. Tu connais l'Afrique. Sans famille tu es de, dans, la merde. Alléluia ! La victoire rampante du génocide. Je n'ai remplacé aucun de vous. Ni les vivants. Ni les morts. Places occupées, vacantes. J'ai juste ajouté quatre chaises. Celles de ma famille de substitution. Mes nouveaux *bavandimwe*.

James, le frangin *second hand*,

Mzee Idelphonse, le vieil instituteur inconsolé de sa fille Angélique, mon père *second hand*,

Maman Colonel, toutes mes aimées en elle. Les Tatas, toi, la mère, ma Diane, la vie, la révolte, la musique qui retarde la fin du monde, la dignité. Elle, la Mama, la Colonelle,

Damas, tu le connais, c'était un ami du père à Kinshasa. Tonton Damas, nos secrets, son humour ravageur, nos rires, notre joie.

Lawurensiya, avec mes *bavandimwe*, nous avions nos rituels à L'Église – sobriquet de notre cabaret de vie familial.

Tu vois, je n'ai remplacé aucun de vous. Ni les vivants. Ni les morts. Places occupées, vacantes.

J'ai juste ajouté huit mains, quarante doigts,

Pour, ensemble, reliés,

Dériver le spectre de l'agonie,

Escamoter la démesure sur Kalinga[1],

Slalomer entre les vides,

Essuyer les éclats de risée sur les dos de Vincent et James,

Héros de la Libération, n'ayant besoin de rien et manquant de tous.

Vincent ?

Il est mon essieu crissant, mes tripes, les charnières de mon corps.

---

1. Tambour royal et précolonial.

## Kigali, dimanche 29 avril 2018

Lawurensiya. Mes *bavandimwe* ont augmenté ma vie.

J'ai eu *ma* famille. Certes. Riquiqui. Quatre.

Lo… J'ai failli à notre promesse réciproque. Avoué. Aux quatre. *Gufata kungufu*[1].

*Tata Gaudence, ma Gaudé. Ne m'en veux pas. Je t'en supplie. Ils sont des tombes.*

J'ai pu recevoir des visites à la maison. Faire des achats pour les accueillir. Proférer très fort, *pour ma famille*, chez Papa Dany, le boutiquier pipelette de ma rue.

*Tata Dévota, ma Dévo. Ne m'en veux pas. Je t'en supplie. Ils sont des tombes.*

J'ai cessé d'être un bâtard de cafard et de clébard. Un animal. Bien sûr, personne, jamais, n'a prononcé une telle infamie.

*Mon Ansi, ma Dafro. Mes Tatas. Ne m'en veuillez pas. Je vous en supplie. Ils sont des tombes.*

Lawurensiya. Grâce à mes nouveaux *bavandimwe*, le comportement de tout mon entourage s'est modifié. Je n'étais plus isolée, malgré Vincent.

1. « Violer ». Littéralement, « prendre de force ».

*Ma Magnifique. Maman. Ne m'en veux pas. Je t'en supplie. Je te demande pardon. Tu avais raison. Ils nous ont tués. À tombeau ouvert, s'engouffrant eux-mêmes et le pays dans la destruction. Maman !*

Lawurensiya, mes *bavandimwe*, tu feras leur connaissance au cours de mes lettres. James, il a une place particulière. Celle d'un frère.

La fratrie, Lawurensiya, tu le sais.

C'est l'unique amour.

Grandiose.

Kigali, mardi 8 mai 2018

Lawurensiya, comment raconter James sans le réduire ?

Je ressors la fiche technique de nos débriefings de crise. D'accord ?

Sexe : Mon frère adoptif.

Mensuration : africaine (selon la rumeur. J'en ignore la signification).

Espèce : Locale. Un Rwandais.

Description : Environ 1 m 85 (je lui poserai la question). Yeux marron. Sourcils tracés. Visage étroit. Allongé. Dents de devant se chevauchant légèrement. Silhouette, attaches et traits fins.

Âge : 44 ans. Né le 21 juillet 1973.

Activité professionnelle : Interprète auprès de la Délégation de l'Union européenne à Kigali. Langues : le kinyarwanda, le kiswahili, le français et l'anglais. Apprentissage en cours du mandarin.

Profil : Rescapé, avec deux petits frères, d'une famille de huit enfants. Guérillero *Inkotanyi*. A intégré l'Armée de libération le 22 janvier 1993, en réaction au massacre des Tutsis de Byumba. Réfugié en Belgique dès Noël 94.

Insolite : Exprime ses sentiments. A de l'autodérision. Pour un homme, africain et rwandais de surcroît, a une capacité à se remettre en question. Porte un parfum Chanel nominatif, *Égoïste*.

Mantra : *N'aie peur de rien, Erika. Je suis là pour toi.*

Connexion : Ex-amant de ma chérie-coco, Diane.

État civil : Marié. Trois adolescentes. Notoirement cocu. Bénéfice : un fils.

À débattre entre nous : De l'art de célébrer la fratrie,

De lui vouer un culte,

Une adoration.

Kigali, jeudi 10 mai 2018

Lo,

James et moi priions à L'Église le week-end. Notre cabaret incognito chez Maman Colonel, une bonne amie de Damas. Un *mukubite umwice*[1] ! Un bouge. Avec une annexe clandestine envahie de ferrailles, de vidanges de bières et de waragi. Chez cette veuve de militaire, deux univers se côtoyaient. Au bar, les soûlards du coin. À l'arrière, sous des récups de toits de tôle, une cour et des tables-casiers d'habitués. Fréquentée par des anciens des diasporas frontalières et des rescapés plutôt âgés. C'était devenu notre quartier général.

James, il lui a fallu du temps pour comprendre ce qui se passe. Qu'il se passait quelque chose. Qu'il entrait en mode survie dès l'atterrissage. Ce truc dont je te bassine les oreilles depuis le début. La transaction collectif-intime. La confrontation constante avec *avant*, les stigmates de la mise à mort. Tu sais, James retournait au Rwanda depuis 1999. Ses séjours étaient orgiaques. Il consommait. Des femmes.

1. Littéralement « Frappe-le à mort ! ». Lieu de beuveries.

— Ton épouse ? Elle a jamais démantelé tes fraudes maritales ?

Il riait.

— Assumpta ? Ça va bien la tête ? Erika, Assumpta, elle est de pure extraction. Avec de vraies valeurs. Mari, enfants, maison, travail. Elle a pas la moindre idée de rien.

Madame lui tapait des crises, cependant. Pour cause d'indisponibilité. De fainéantise domestique. Tu connais les frères. *Une femme choyée incapable de me donner un fils. Et je devrais faire des vaisselles ?* s'indignait James.

Ma Diane exceptée, en Belgique aussi, James pratiquait. La Blanche. Avec circonspection. Pour éviter une immixtion des compatriotes dans ses affaires privées. Il piochait parmi ses collègues, des amies d'Assumpta, des conjointes de ses proches. James, c'est un mec séduisant tu sais. Prévenant. Jamais à une robe près.

Et tu connais le mythe de l'homme noir… La légende…

En 2014, dès son retour, l'amoncellement de Caucasiennes a été impressionnant. Fébrile. Il les a mises en garde. Sa grosse alliance en or bien en évidence.

— Chérie, faut pas tomber amoureuse hein ! Je suis marié et j'ai trois princesses.

Il s'affichait avec les favorites. Elles s'accrochaient. Il les méprisait. Les consumait. Elles venaient chialer auprès de moi. Insultantes.

— Sérieux ? Sa femme, c'est une Rwandaise ?

Dans notre temple de la casse, L'Église, on rendait grâce au Bacchus local. On rigolait. On clopait. Cœurs débordants comme la mousse des bières décapsulées par Maman Colonel. James, les *bavandimwe* et moi, on a tout mis en commun. Les nôtres, d'*avant* et d'aujourd'hui. Nos amis. Mes copines. Les maîtresses et les amants. Nos Tantes. Vincent. Assumpta. Ça nous a procuré un amour fou à se partager.

Nous étions ensemble.

Heureux.

Kigali, dimanche 20 mai 2018

Lo,

Un samedi de février 2014 vers 10 heures.

Il pleuvait des cordes. J'étais bloquée au marché de Kimironko avec mes emplettes. J'ai appelé James à la rescousse. Il est venu et m'a charriée ! Locataire à Kimihurura, quartier bourge, mais dépourvue de moyens de locomotion.

— James, apéro liturgique ?

— Une bière ? Dès le matin ? À L'Église ?

— Ben ouais.

Il a acquiescé, stupéfait. Consterné ! Il a passé ses nerfs sur les chauffards au rond-point devant Chez Lando, tout en m'observant à la dérobée.

Chez Maman Colonel, le zinc était déjà chargé. On a traversé le bar et salué les abrutis. Dans la cour, Mzee Idelphonse s'agitait à sa table. Je te l'ai dit, c'est un ancien instituteur. Un élégant cravaté avec un cartable en cuir noir bien ciré, posé sur un casier. Prêt à aller enseigner. Le chemin vers l'école l'a sauvé le vendredi 8 avril 1994. Comme on dit ici, *il a vu beaucoup de choses*. Le Mzee s'est adressé à James et moi. Canne pointée vers les ivrognes agrégés au comptoir.

— *Karibu*[1] mes enfants ! À la bonne heure ! Reconstruisons le pays, investissons dans la pisse !

On l'a embrassé en riant. James lui a glissé un billet dans une poche. Nos bières servies, deux Mützig pour lui, une Primus pour moi, James m'a tendu une cigarette.

— Y a quoi, Erika ?

— Te moque pas, mon Jaja. Je suis en train de craquer. En direct.

— Tu penses trop et tu ne bois pas assez. Je te jure ! Ça te tuera. D'ailleurs, pourquoi cette feignasse ne t'a apporté qu'une Primus ?

Il a sifflé la servante. Il était ému. Cherchait quelle contenance adopter. Il a répété.

— Y a quoi, Erika ?

J'ai retenu avec force un Kivu de larmes. Avalé une gorgée et tenté une brèche.

— Vincent ! Ses comportements. Ses descentes dans les cabarets. Ses mutismes. Il est inabordable. James, je t'ai écouté. Je ne pose aucune question. Aucune ! Il ressurgit au mitan de la nuit. Le veilleur lui ouvre toujours le portail. Vincent gratte à ma fenêtre. Souvent, Coco l'entend avant moi. T'imagines ? Elle vient me réveiller. *Entre !* crié-je à Vincent. La porte de la cuisine n'est jamais fermée. Il le sait. Il se lave d'abord. Dans la douche du gardien. À l'eau glacée. Après, il s'assied au chevet du lit. Torse nu. Serviette autour des reins. Il s'excuse. Il n'y a pas d'autre femme. Il le jure. À plusieurs reprises. *Bonne nuit, Vincent.* J'écarte les draps. Je dors sur le ventre. Il me bascule sur lui. Il est gelé ! Je me rendors. Le matin, je l'ignore. Je sors.

---

1. « Bienvenue ! »

James s'est fermé. Il a rallumé une clope et examiné sa manucure. J'ai eu le temps d'en griller une. D'entamer ma deuxième Primus.

Il a déplacé sa chaise en plastique à mes côtés. Pris la main. J'aime bien ce geste.

— Erika, *umva*, écoute. Vincent a peur. Ne l'attends pas. N'attends rien. Imite tes copines. Tes saintes qui touchent en camouflage mariage. Fais comme nous tous ! Tape-toi un mec. N'importe lequel. Pratique l'acte de vivre !

— Quel intérêt, James ? Pourquoi irais-je baiser à tout vent ?

— Voilà, tout de suite tu ramènes ça au cul. Je te parle de sexe, moi ? C'est de légèreté, de spontanéité, d'envie que j'te cause !

— Pratiquer l'acte de vivre, c'est la sexualité, non ?

Il a haussé les épaules.

— La sexualité, c'est quoi ? C'est être en vie. Désobéir ! Jouer ! Lâcher le contrôle, quoi.

Il s'est tu. Il a retiré sa main. Braqué sa chaise face à moi. Bout des phalanges appuyées sur mes genoux.

— Erika. Regarde-moi, s'il te plaît. Ça n'engage que moi, c'est vrai ! Tu refuses de l'admettre. Pourtant, c'est toi qui m'as éclairé. Erika, je te le dis. Pas un autochtone n'est épargné par l'angoisse. Pas un. Enfonce-le-toi profond dans le sang. Les raisons, les enjeux, les modalités sont spécifiques. Désormais, je suis ton frère. Je dois te protéger. De l'inouï de la violence des impuissantés. Nous, les mecs rwandais, nous sommes vulnérables. Le reste, c'est bagatelles.

Le vieil Idelphonse s'est penché. Il a heurté de sa canne les pieds de ma chaise.

— Angélique ! Ne l'écoute pas ! Te fais pas avoir par cet imbécile !

— Mzee wacu, a crié Tonton Damas, qui nous rejoignait à l'instant. C'est pas ta fille ! C'est Erika, ma nièce. Les revenants, c'est la nuit. Mange ! Prends une assiette pour moi.

— Mzee ! Vous pouvez m'appeler Angélique. Ça m'honore.

— Vous voyez ! Bande d'imbéciles !

James s'est levé en souriant pour donner l'accolade au vieux. Il l'a fait rire. Lawurensiya, James, c'est quelqu'un d'attentionné tu sais.

La serveuse a rapporté des Mützig et un Fanta citron pour moi.

J'ai tapoté le bras de James, distrait par sa messagerie.

— En quoi t'ai-je éclairé ?

— En me montrant que l'insécurité des femmes nous est insupportable. Que pour amadouer les hommes, il suffit d'énoncer *j'ai peur*. Ça m'étonne ! L'ignominie masculine, ici, c'est une éthique, hein. Tant mieux s'ils ont changé. J'ai trois princesses. Un jour, peut-être, elles rentreront. Mais je suis très sceptique. Je les ai vus à l'œuvre.

Il a eu un rire bref. Désabusé.

On s'est tus. Mon téléphone a sonné dans un des sacs de bouffe. Je n'ai pas décroché. Maman Colonel a servi des brochettes vers 11 h 30. On les a mangées.

— James ? Être vulnérable, c'est pas un vice, une perversion ! C'est la condition humaine, non ?

Il a ri. Badigeonné de piment sa viande.

— Toi, t'es vraiment la fille d'un *muganga muzungu*[1] ! Une espèce gavée de paix depuis trois générations. Fais pas ta conne, Erika. Être vulnérable, c'est être un chien.

— Aimer ? T'as déjà envisagé ? Ça peut aider à se sentir vivant…

Il a dégluti. Quelque chose m'a inquiétée. Je sais pas. Sa façon de mordiller la lèvre inférieure. De se frotter la bouche. De lisser les pinces impeccables de son pantalon en toile beige.

— Erika, je t'aime fort, tu le sais ? T'es au courant ?

— Non.

On a ri. Ses yeux bruns étaient dilatés. Je l'ai scruté.

— Erika, *umva*. Vincent, mes frangins et moi, pour ne parler que de la famille restreinte, on est comme ton frère. Morts.

— Des morts qui font chier !

On a ri. Il était à cran. Il a réprimandé la domestique, elle tardait à apporter un petit seau d'eau chaude et du savon pour se nettoyer les mains.

— Erika, *umva*. Vincent, je suis convaincu de sa sincérité. Il n'y a pas d'autre femme.

— Pourquoi réduis-tu tout aux femmes ?

— Erika, tu surestimes complètement l'amour. Pour des types comme Vincent et moi, l'amour est attentatoire à notre intégrité. Car si tu veux développer une relation, rien à faire, tu dois immerger dans ton tréfonds. Et l'intime chez nous, c'est de la merde. Un précipice. Des fosses. En toi aussi, Erika, y a plein de tombes. Pour t'aimer, Vincent est devenu

1. « Médecin blanc ».

funambule. Tu crois quoi, toi ? Hé oui, parfois il a besoin de shoots d'alcool pour assommer son vertige !

James s'est levé. Il a repoussé sa chaise. Elle s'est renversée. Mzee Idelphonse et la Colonelle bavardaient. Tonton Damas suivait un match de foot sur son smartphone. J'ai essuyé des larmes.

James m'a menacée du doigt, bras tendu. Il a gueulé !

— Si tu pleures, je te cogne !

Il y a eu un silence. Ahuri. On a entendu la rue. Le bruit du bar, les voix rauques, les bouteilles. Le sport à la radio. James avait un visage cadenassé. Il nous a passés en revue, tous les quatre. Nous nous étions mis debout. Le vieux s'est avancé. Il a redressé la chaise de James. Il m'a bercée dans ses bras. Oh Lo ! Affreuse son étreinte. Pleine de tristesses.

— Les enfants, réconciliez-vous ! a-t-il chevroté. Immédiatement ! On est restés à combien ? La dispute, c'est un luxe d'*Interahamwe*. C'est pas pour nous.

Il s'est tourné vers James.

— Et toi ? Idiot ! Nous sommes à la maison. Entre nous. Ma fille peut pleurer.

James et moi nous sommes confondus en excuses. Le Mzee, il était ému. Très.

— Allez ! Les enfants, serrez-vous la main, s'il vous plaît ! Toi, James, tu nous achètes une bière pour le pardon.

Finalement, on s'est tous embrassés. James a payé une tournée et raccompagné le vieil Idelphonse à sa table. Lawurensiya, je m'en suis voulu tu sais. Je l'avais négligé mon Jaja. Il n'allait pas si bien. Je l'ai détaillé pendant que la bonne ouvrait nos bières. Toujours bien sapé. Il portait une chemise blanche, manches longues, aux col et poignets en pagne. Il avait maigri.

— T'as maigri, James ?

— Ouais. Pour faire contrepoids à ma sœur.

On a ri. Il a soulevé un des sacs de course de la pointe d'un mocassin en cuir.

— Erika. Revenons à notre discussion initiale. À l'acte de vivre. Exister, ça m'obsède, tu sais. Moi, pour tenir la vie, pour la sentir, j'ai besoin de défonce. D'extase. Je vois seulement deux possibilités. Dieu ou le sexe. J'ai choisi. Bacchus en lingerie fine. Comment dire ? La connexion charnelle, c'est une résurrection de la chair. C'est faire corps. C'est inventer une langue avec quelqu'un.

— Ben voilà. Toi, tu es un interprète. Polyglotte. Moi, je suis monolingue.

Il a souri sans joie. On s'est dévisagés.

— Je tente de t'expliquer que ton option, aimer, elle est caduque. Il est grand temps de te chiner un amant !

— James, arrête de louvoyer. Crache !

Il a ouvert une Mützig avec les dents. Comme d'usage, j'ai fait mine de le frapper. On se fixait. Il a réclamé une serviette en papier à la serveuse et s'est essuyé les lèvres avec soin. Il a allumé une cigarette. Ses mains. Elles tremblaient.

— Erika. Vincent. Il n'y arrivera pas. Il est dévasté. Il m'a appelé. Imploré de te le dire. J'ai refusé. C'est à lui de le faire. Erika, je préfère te prévenir. Il est en train de te quitter. Il t'a déjà quittée. *Byemere*[1], Erika,

1. « Accepte ça ! »

accepte ! Vincent, l'amour, c'est trop anxiogène pour lui. Je veux dire, l'éventualité de te perdre. Ça le met en danger, Erika. Ça lui fait revisiter trop de trucs. Son divorce et tout. Erika, je suis désolé. Erika, c'est pareil pour moi tu sais. Je n'aime que mes enfants. Mes frangins. Et toi. Tu me fais tellement penser à ma sœur Uwera.

Lawurensiya.

Sache-le. Le compte à rebours de ma fuite vient de s'enclencher.

Kigali, vendredi 1er juin 2018

Lawurensiya,

Laisse-moi te décrire les photos relevées ce matin en allumant ma messagerie,

Prises et envoyées hier par de chères amies.

Imagine-les, Lawurensiya, ces photos. Pareilles à des fourmis rouges géantes.

Je dormais. Je ne les ai ni vues venir ni entendues.

Elles se sont avancées en colonne. Rasant les plinthes. Ordonnées.

Condottieres sans courtoisie de guerre,

M'ont catchée par-derrière,

*Vincent.*

Bang bang bang,

Chicotée à terre.

Position fœtale instinctive – protéger l'artère vitale,

Attention ! Dose létale.

*Vincent.*

Pilonnage par des aiguilles en fer,

Me défaisant ver,

Rampante,

Lombric vagin éclatant éclaté des Tantes.

*Il y a dit-on un espion qui rôde par ici invisible comme l'horizon dont il s'est indignement revêtu et avec quoi il se confond*[1]

Sur la cuisse mi-nue d'une femme,

Sur les hanches d'une autre, nichée sur ses genoux,

*Il y a les longues mains souples de mon amour*[2]

Tête renversée rires aux éclats,

*Vincent,*

Un après-midi de joie ordinaire.

Dans un décor lacustre en fond sonore,

De fleurs à profusion, telles celles du jardin de Tata Gaudence, ma Gaudé.

Barbecue gril chèvre brochettes frites,

Soleil de fin de samedi oisif sur des ébènes veloutées,

*Vincent.*

Ses lèvres épicées à elle, elles, sur sa peau à lui, lui, pour des baisers brasier.

Je grossis les gens photographiés. Des familiers.

---

1. Apollinaire, « Obus couleur de lune – Il y a », *op. cit.*
2. *Ibid.*

Kigali, samedi 2 juin 2018

Lawurensiya, Lawurensiya, Lawurensiya.

Je me suis faufilée entre les rots des ivrognes du *mukubite umwice*,

Frayé un passage entre des casiers, des débris de bouteilles et une odeur de graillon.

Ils étaient déjà là, dans notre autel du rebut,

Mes *bavandimwe*.

Mes corps perdants attablés,

Mzee Idelphonse, la Colonelle, Tonton Damas et mon frère *second hand*.

Je me suis arrêtée sur le seuil de notre cour.

Il y a eu un silence.

— Ça va pas. J'ai besoin de vous.

James a approché un siège près de lui. Mzee le lui a repris et a claqué des doigts à mon intention, pour que je m'asseye à ses côtés.

— Erika, ma fille Angélique, a-t-il annoncé.

J'ai commis le grossier au pays maternel, pas répondu pas salué.

Collé la chaise en plastique grise, jadis blanche,

Contre celle du vieil instituteur, à défaut de celle de feu le père le docteur.

Je leur ai présenté la belle ouvrage de Vincent, les clichés champêtres.

*Il y a à minuit des soldats qui scient des planches pour les cercueils*[1]

La bonne est intervenue avec une Primus.

— Non, prépare un *tangawizi*[2], dépêche-toi ! a tranché Maman Colonel.

— *Ayiweeee*, s'est effaré le Mzee, en examinant les photos.

Tonton Damas a commenté les filles. Solennel.

— Elles sont moches. Vulgaires.

— Ouais ! ont approuvé la Colonelle et James.

— N'exagérez pas, a nuancé le Mzee.

La domestique a apporté des unités à encoder pour le téléphone de Tonton et des clopes à James.

— Ouvre le paquet et garde la monnaie, a remercié James sans lui jeter un œil.

Il s'est ravisé.

— Va chercher des beignets pour Erika wacu !

— En attendant le thé, je bois la Primus.

— C'est sage, a concédé Mzee Idelphonse.

James a réclamé mon portable pour analyser les photos et vérifier des noms. Il a parlé à Damas et au Mzee dans un kinya sophistiqué, pour que je ne comprenne pas. Maman Colonel a sifflé entre les dents. Détaché puis rattaché son turban en bazin.

— Parlez en français ! Vous êtes des idiots, Mzee excusez-moi. Après, vous vous étonnerez de nos *affaires* avec des Blancs ou des Hutus. Vous, les Tutsis, vous êtes incapables de donner de l'amour !

---

1. *Ibid.*
2. Thé noir au gingembre frais avec sucre et lait.

Le vieux s'est étranglé. Indigné.

— Voilà ! Il ne nous manquait plus qu'une *Interahamwe*.

Lawurensiya, j'ai ri ! Mais ri ! James s'est levé. Vénère.

— Le Vincent, il peut pas agir comme tout le monde ? s'est butée la Colonelle. En cachette ?

Personne n'a répliqué. J'ai eu un haut-le-cœur.

— Repassez-moi la machine, les enfants.

Le Mzee, il cherchait une parole consolatrice dèh.

— Une bande de putes et d'imbéciles, a conclu James, à l'intention du vieux.

— Foi de connaisseur !

La Colonelle a pouffé. James a confisqué mon téléphone de façon presque impolie. La servante, escortée d'un commis auprès des soûlards, a servi le thé, des beignets et une dizaine de bières.

— Je vous aime, ai-je déclaré en engouffrant un beignet huileux.

Ma voix s'est fêlée. James a pointé sa Mützig vers moi.

— Fais gaffe, Erika !

— *Byose bibaho*[1], s'est effrayé le Mzee. James, tu pourrais faire ça ? Bricoler des femmes en public à une fête privée ?

— Elles sont beaucoup trop noires pour moi !

On a ri.

— Assumpta a reçu pire. Des images dérobées. Lors d'un dîner en tête à tête dans un restaurant. Je te jure ! Y a de ces jaloux, envieux des foyers !

1. « Tout existe ».

Elle l'avait mauvaise la Colonelle. Elle a regardé James avec rage. Elle était en train de préparer la commande hebdomadaire pour le brasseur.

— James, t'inquiète… Assumpta te fournira tôt ou tard ta facture.

— Ma femme ? Elle ne manque de rien. Pour elle, le sexe swingue avec l'amour.

La Colonelle et moi avons ri.

— James, tu crois au romantisme des femmes ? T'es devenu un Blanc à force de les fréquenter ? C'est contagieux ou quoi ?

À son intonation, nous avons perçu son bouleversement. J'étais surprise. Elle était toujours tellement sous contrôle. La Colonelle, *elle a vu beaucoup de choses*. Été humiliée. Injuriée par son père pour ses amours hutues. Pour avoir contracté un mariage *contre nature*, dénonçait-il. *Sa famille nous méprise. Elle te nuira.* Merci à Dieu, l'officier hutu est décédé de diabète en 93. Avant tout ça. J'avais vu des photos. Un beau mec, tu sais, Lo. *Un bon époux*, s'adoucissait-elle. *Aimant. Philanthrope.* Généreux de sa semence aussi. *Tu vois, Wanjye*, me confia-t-elle un jour où nous étions seules, *je l'ai intensément disputé pour ses infidélités. Il a eu deux enfants illégitimes. Aujourd'hui que mes petits sont découpés, qui se préoccupe de moi ? Ses bâtards et son ancienne maîtresse, vraie* hutukazi[1].

Le Mzee a tapoté la Colonelle de sa canne.

— Arrête de parler des Blancs comme d'une maladie ! Le père de ma fille, c'est un *muzungu* !

---

1. « Femme hutue ».

J'ai souri. Les *bavandimwe* ont ri. Mzee Idelphonse, il adorait ça ! Amuser son audience.

— Mzee, je n'insulte pas les Blancs, s'est énervée la Colonelle. Au contraire ! J'admire leurs femmes. Avoir fait gober le romantisme ! Vous croyez quoi ?

Elle s'est levée. Théâtrale.

— Toutes les femmes habitent la frontière entre la vie et l'agonie. Celle du sang menstruel ou de la mise au monde. Dans la hantise des vivres et du couvert. Toutes ! À devoir, en plus, vous protéger, vous rassurer, vous soigner, vous ménager ! Et vous ? Regardez cet imbécile de Vincent !

Elle a craché au sol.

*Il y a des femmes qui demandent du maïs à grands cris devant un Christ sanglant à Mexico*[1]

Il y a eu un silence. On entendait le soleil. L'agitation de la rue. Les familles allant ou revenant des lieux de culte. Le bruit des véhicules, moto, voiture, bus. Les soûlards au comptoir, à cinq mètres de nous. Le Mzee a ouvert une Primus pour moi. Jamais il ne décapsulait une bouteille. Nous ne l'aurions pas permis. Impoli de refuser. Tu comprends, Lo ? Il s'est tourné vers la Colonelle.

— Mama, te fâche pas. Tu es tenancière de bar. Tu connais les gens. Tu as vu beaucoup de choses. *Byose bibaho.* Vincent était dans ses ténèbres. Toi-même tu le sais. Parfois, pour franchir la nuit, il faut grimper sur des obstacles.

— Et Erika ? Mzee, je ne veux pas être insolente. Oui, j'observe tout ça au cabaret. En général, des

---

1. Apollinaire, « Obus couleur de lune – Il y a », *op. cit.*

hommes. Ils s'enivrent jusqu'au coma. Pour étourdir les hyènes dans leurs cœurs. Ensuite ? L'alcool dissipé, ils nous disloquent.

Le vieux s'est tu. Il a sorti un mouchoir en tissu de la poche intérieure de son veston. Il s'est mouché. Ainsi pleurent nos hommes.

— Mama. Erika, ma fille. Toutes les valeurs s'inclinent devant la survie. C'est tout.

Il y a eu un silence.

Le téléphone de James a sonné. Il a décroché. Vincent.

— Ouais ! Nous sommes à la messe. Bien sûr, viens ! Okay, je préviens Erika.

James a raccroché.

— Vincent va passer. Il retourne demain soir à Istanbul. Une urgence.

— C'est ça, une urgence, a ricané la Colonelle.

Il y a eu un silence.

— Erika, comment vas-tu t'y prendre pour ne pas agresser Vincent ? a interrogé avec tendresse Tonton Damas.

J'aime cette subtilité des frères. L'art de prodiguer des instructions.

Damas attendait une réponse. Les quatre attendaient une réponse.

James, en chemise polo, fumant trop. La Colonelle, royale, malgré tous les coups de machettes, euh de bites, encaissés en 94. Damas, taiseux. Ému. Mon Mzee. Triste.

— Tonton, je vais te le dire. Laisse-moi passer au petit coin. Colonelle, je peux commander une nouvelle théière ?

Mon téléphone a sonné. « Mbabula ». Vincent. Les quatre ont fait signe de ne pas prendre ! J'ai ri. Mon rire a chuté dans leur silence. Je suis allée aux toilettes. En cuisine. Je me suis rassise à côté du Mzee.

Au moins trente minutes plus tard, le breuvage sacré est arrivé. Je savais que James s'agacerait sur la bonne.

— T'as été le cueillir ou bien ?

Mon téléphone a de nouveau sonné. « Mbabula ». Vincent. J'ai avalé une gorgée. Senti le gingembre jusqu'à la racine des cheveux. Allumé une cigarette.

Damas attendait. Les quatre attendaient.

— Tonton. Toi aussi, tu es un ancien Kinois. Te souviens-tu des quelques mamans rwandaises dont les enfants étaient scolarisés à l'école belge ? Comment elles organisaient le mercredi après-midi libre ? À tour de rôle, elles recevaient mères et enfants chez elles.

— Oui.

— Elles papotaient, entre autres, des hommes. Souvent, Agnès, ma mère, ma Magnifique, s'exclamait ainsi à propos de certaines de leurs copines : *C'est curieux, non, cette obstination à se satisfaire du médiocre ?*

Il y a eu un silence.

Le Mzee a battu un jeu de cartes. On a dégagé les boissons. Essuyé vaille que vaille notre table. Un casier. Détourné. Quand Vincent a débarqué, la partie était déjà bien engagée. La Colonelle et James étaient, comme d'habitude, en train de s'accuser de triche. La petite assemblée a reçu Vincent avec chaleur. Il a serré la main de Damas et de la Colonelle. Étreint Mzee et James. Il s'est penché pour me faire la bise. Son odeur s'est échappée de son T-shirt. Nos regards se sont croisés. Nous avons su que l'autre savait.

*Il y a à minuit des soldats qui scient des planches pour les cercueils*[1]

Lawurensiya, je suis décousue, hein ? C'était difficile, tu sais.

Non, allez, soyons sérieux. Ce n'était pas difficile. C'était une dévastation.

1. *Ibid.*

Kigali, vendredi 15 juin 2018

Lawurensiya, ton tort est d'avoir raison.
Notre conversation sur Vincent, sur mon attitude, me déchire.
M'accuser de ne rien lui dire,
De me résigner à mon implosion.
De singer les *Interahamwe* ou les nazis,
Ces aliénés du béni-oui-oui,
Ignares ou instruits, ravis d'être soumis.
Lawurensiya, je ne vais pas y arriver,
À être libre, à oser me révolter en *je*. À m'exposer,
À désobéir !
À négocier un raccord ou manifester un désaccord.
À refuser la honte !
À m'aventurer dans la substance de ma vérité. Dans le corps,
Lieu total sans recours, labyrinthe sans secours.
Desseller Vincent de ma cambrure,
Lui rétrocéder sa capture.
Lawurensiya, je ne vais pas y arriver !
James a raison. Je surestime beaucoup trop l'amour.
James a raison. Jouir !
Pratiquer l'acte de vivre contre le mourir,

Baiser.
Lawurensiya, je ne vais pas y arriver,
À m'exhumer du crime,
De l'assignation à leurs vagins éclatants éclatés.

Kigali, dimanche 17 juin 2018

Merci ma Sis pour ton appel.

Jeudi, trois jours après le retour de Vincent à Istanbul, James, agité, m'a annoncé au téléphone la quatrième grossesse d'Assumpta. Il m'a proposé, dans les gazouillis du crépuscule et la tiédeur de l'air, de le rejoindre pour l'apéro. Il finissait une session de travail à l'ambassade du Royaume-Uni, pas loin de chez moi, quasi en face de l'hôtel Umubano. J'ai hélé un taxi-moto. Pensé à ses kilos perdus. À destination, James m'a pris le bras d'autorité, direction un bar, hébergé dans une galerie d'art. J'étais heureuse de l'enfant à venir. Je l'ai charrié. Une fille, je suppose ? Nous étions au feu rouge, dans le tapage du trafic. Il a articulé. Net. Sans ambages.

— Je suis vasectomisé depuis la naissance de la cadette. Depuis douze ans.

— Quoi ! Assumpta le sait ?

— Erika, t'es bête ou tu es bête ? Non. Évidemment.

— Que vas-tu faire ?

— Obéir au prescrit de la tradition. Accueillir l'enfant né dans mon foyer.

Nous avons marché en silence. J'étais touchée. Il avait pris sur lui. Attendu que j'amortisse un chouïa le bazar avec Vincent. L'obscurité nous a enveloppés. La rue était bien éclairée. Les arrêts de bus chargés de scolaires en uniforme et sacs d'école, de fonctionnaires avec leurs courses et de flâneurs au téléphone. James a situé le lieu où nous allions.

— C'est un centre d'art africain contemporain, créé par deux frères rwandais. Une résidence pour artistes.

— Et tu ne m'y as jamais emmenée ?

— J'y vais pas pour les arts plastiques, tu t'en doutes. Je fréquente cet endroit depuis une traduction pour une mission économique. Tu verras, y a un joli jardin, avec une belle vue sur Kigali.

Il a ajouté.

— Ce soir, c'est *happy hour on Thursday*. Toi, tu fais tes achats alimentaires au marché de Kimironko. Moi, mon shopping sexy dans la culture. Chacun son niveau !

— T'as pas assez d'emmerdes ?

— J'ai besoin de vérifier si je suis encore capable de bander. Erika, tu réalises l'humiliation ? Ma femme ! Enceinte d'un autre ! Assumpta, quelle salope ! Hypocrite ! Se faire baiser comme une malpropre.

Je me suis empêchée d'épiloguer. De me renseigner sur l'identité du malfrat. Maman Colonel ne se priverait de rien. D'autant qu'elle avait prédit une note conjugale gratinée.

On est arrivés au portail.

— James, le public, c'est quel genre de faune ?

— Des bobos blancs. Affamés. En recherche de bouffe locale.

— Et des Rwandais prêts à engager leur personne par hospitalité ? C'est ça ?

— Voilà !

On a ri.

Il y avait un petit orchestre sympa. Des standards du jazz. Les lumières de la ville devant nous. Plein de monde. Des trentenaires. Exactement la description de James. Une ambiance détendue. Des éclairages doux comme l'air. Les parfums des plantes du soir, du public. Patchouli, classiques masculins. Des frôlements. Des regards tactiles. Des sourires.

— James, je paye tout. Mützig ?

— Whisky.

— Mützig dèh. Tu me prends pour une de tes immigrées économiques ?

Il nous a déniché des tabourets et on s'est installés au comptoir avec des bières. Il ne m'écoutait pas, trop concentré à jauger le cheptel gallo-romain coquetant. *Dom Juan*, impeccable pantalon à pinces et chemise fleurie chébran, a soupiré d'aise. Il a ouvert un paquet de clopes, claqué des doigts un serveur pour avoir du feu et constaté, satisfait : *mon petit James a gardé sa joie de vivre.*

## Kigali, vendredi 29 juin 2018

Le quotidien, Lo. Le manque de Vincent. Vincent.

Le travail, les filles et notre vie sereine à la maison, James, mes *bavandimwe*.

Vincent appelait. Envoyait des messages. Je ne répondais pas. Je cachais l'affaire des photos aux chéries, par besoin de préserver mon port d'attache de mes cyclones. L'inverse de l'atmosphère à L'Église ! Nos débâcles intimes ont émancipé nos confidences. Les photos avec Vincent. Assumpta. L'argent aléatoire. La santé de Tonton Damas. Les colères de la Colonelle. Le désespoir tranquille du Mzee. Nous débattions, argumentions, invectivions, jusqu'à utiliser le verbe *guswera*, forniquer, devant le vieil instituteur !

Ainsi, un samedi ordinaire. Retiens-le, Lawurensiya !

C'est le jour de ma rencontre avec Manzi.

Le mec qui acculera chacun de nous à sa vérité.

C'est un ami de Tonton. Un pote de Gaspard. Gaspard, t'as compris qui c'est ? L'homme à l'origine de l'assassinat de la famille de Vincent.

Tonton Damas attendait un appel du Manzi en question. Moi aussi, j'attendais. Quoi ? Qui ? Aucune idée !

J'attendais. Si, je sais. Vincent. Malgré moi, je te jure. Malgré vos mises en garde. Les tiennes et celles de la Colonelle. Ce fameux samedi, la Mama plaidait qu'attendre, c'est livrer le pouvoir à l'autre. Elle s'était essuyé les yeux d'un mouchoir en tissu, roulé dans son soutien-gorge.

— Erika, pardon. Fais coupure avec la tradition de survie des nôtres, de ta mère. Trente-cinq ans de patience. D'attente. Pour quoi, s'il te plaît ? Pour se faire tuer par la goinfrerie des Blancs et la haine de Caïn. *Yoooo*, mes petits. Si tu avais vu leur calvaire, Erika. N'attends rien, Wanjye. Tu n'auras rien. Il n'y a rien. Prends la vie, *le fait de vivre*. James a raison. Tu surestimes beaucoup trop l'amour.

On s'est tus.

Tu sais, ce silence pouvait durer. Nous restions là. Ensemble. La bonne passait une tête. Selon notre état de fortune, on commandait des bières ou une brochette. On écoutait la radio brailler dans la partie du bar sinistrée par les soûlards. Parfois, on riait aux propos d'un animateur ou d'une dispute entre les ivrognes. Le Mzee a ordonné à James de rentrer en Belgique. Célébrer la grossesse d'Assumpta.

— Ne sois pas un chien.

James a acheté un aller-retour de six semaines.

Voilà, Lawurensiya. Un samedi ordinaire… Où une conversation conduit à une autre… Je leur ai raconté Kinshasa. Par exemple, le rallye du frère jusqu'à Moanda, au bord de l'Atlantique, à cinq cent cinquante kilomètres. Mes implorations secrètes auprès du père. Pouvait-il, s'il te plaît, refuser cette compétition ? Son fils, quel égoïste ! Nous abandonner sans scrupules trois semaines. Ou moi, pouvais-je les accompagner ? Je n'embêterai personne. Promis, Papa. Je jure ! Je m'assiérai sur la moto du frère. Je ne le lâcherai ni d'une semelle ni d'une seconde.

On a ri. La Colonelle s'est de nouveau essuyé les yeux.

— *Mama shenge*, nos enfants, a murmuré le vieil Idelphonse en se mouchant.

Lawurensiya, cette anecdote a déclenché la parole de Damas. Tu te rappelles, je suppose ? Un type avec de l'embonpoint à l'époque, assez réservé, aujourd'hui d'environ soixante ans. (Celui à ma droite sur la photo en annexe.) À Kin, il roulait dans une grosse Mercedes blanche et s'habillait uniquement d'immaculé. Un transporteur. Il avait deux camions qui reliaient l'Angola et la Centrafrique.

— Dokiteri Yohani, le père d'Erika, c'était un bon gars *kabisa*, un vrai ambianceur ! Un bon docteur aussi ! Il a diagnostiqué mon sida !

Même les soûlards, la radio et la rue se sont tus.

Pour la première fois, Damas a nommé sa maladie. Il a évoqué Kinshasa, sa vie d'avant *avant*, la nôtre. Il a beaucoup maigri depuis… Il faisait chaud, il avait froid. Il portait un pantalon en grosse toile marine, un sweat-shirt gris clair à capuche sur un T-shirt blanc. Moi, je savais. Par Maman. Je lui avais parlé de mes *bavandimwe*, ma petite famille de substitution. *Damascène Gakwaya ?* Elle s'en souvenait. *Il convoitait la femme d'autrui. Vois-tu la punition divine ? Ah oui, ma fille, le Seigneur punit là où tu pèches. Sa famille a été décimée dès septante-trois. En 94, il a recueilli une jeune rescapée. La suite, tu connais les hommes. Elle est morte, léguant à Damas sa maladie. Erika, ne le trahis pas. N'oublie jamais sa présence aux veillées pour ton frère et à son enterrement.*

Damas a voulu ajouter quelque chose. Les mots lui ont manqué.

— *Nta kundi*, c'est comme ça.

Le Mzee s'est retiré comme d'habitude, vers 20 h 30. James s'est alors exclamé :

— Damas et Erika, vous êtes mauvais ! De vrais Rwandais ! Comédiens jusque dans le sanctuaire familial ? Vous vous connaissez depuis au moins trente ans ? Bon, Damas, le Mzee est au lit. Déballe-nous les vérités de Kinshasa !

Tonton m'a souri. Nos regards se sont croisés avec émotion. Comment leur raconter Kin alors qu'au pays ils se faisaient exterminer ? Oh oui ! Plusieurs décennies et autant de fils invisibles nous attachaient l'un à l'autre. On se parlait du Zaïre, de nos histoires, quand nous étions seuls à L'Église ou dans la voiture de Damas. Jamais devant eux. Tonton a mis un verre. Demandé une minute pour répondre à Manzi, son ami commerçant de tout. En l'occurrence, pourvoyeur de mèches capillaires brésiliennes pas chères.

— Manzi, le karatéka ? Le champion d'Afrique catégorie amateurs ? a relevé Maman Colonel. Réclames-en pour Erika et moi !

Damas riait, léger. Il était déjà en ligne. Il s'est adressé en lingala au Manzi.

— *Bolingo y'a la joie*[1] chez Maman Colonel. Je suis avec les miens. Amène-toi avec mes mèches. J'ai des urgences urgentes à me faire pardonner par une femme.

1. *L'amour il y a la joie*, Lucie Eyenga.

Damas a raccroché.

— Manzi ne va pas tarder. James, ce gars c'est aussi un ancien du Zaïre. On les a tués à Gisenyi, ville frontalière à Goma la congolaise. Il s'est sauvé par le lac Kivu.

La Colonelle et moi avons voulu savoir. Qui était cette femme ? *Wapi*, il n'a rien lâché. J'ai décapsulé les bouteilles offertes par Damas. Il a conté Kinshasa des années 80 et 90. James a posé un tas de questions. Le Congo, ça l'intriguait ! La générosité et l'humour de ce peuple, en réponse à l'oppression de l'élite. Chez nous, affirmait-il, pour beaucoup moins que ça, la population aiguiserait déjà les machettes.

La Colonelle a osé.

— *La chose, là*, Damas. Tu l'as contractée comment ?

— À ton avis ?

Lo, on a eu un de ces fous rires ! Certes, il y avait les bières et les kinoiseries. Mais surtout le bonheur de sentir Tonton s'ouvrir à nous.

— Les Zaïroises, je les ai correctement bouffées. À la queue leu leu.

Tonton finissait à peine sa phrase, nous avons entendu des cris, des moqueries et des *mabere ya nyoko*[1] *!* côté soûlards. Un visiteur a jailli dans la cour à l'instant précis où James et la Colonelle se levaient pour aller voir le désordre !

Manzi.

Il tenait un sac de mèches dans une main, son portable à tue-tête dans l'autre, déversant un match de

1. « Imbécile », « idiot ». L'injure complète est *Urakarya amabere ya nyoko !* « Que tu manges les mamelles de ta maman ! »

foot avec notre équipe Rayon Sports. Ma taille, moins d'un mètre quatre-vingts. Petit, comparé à mes *bavandimwe*. Manzi, Lo, c'est une planche anatomique du muscle, un extrémiste du sport, un semi-marathonien journalier. Il dégageait une incroyable impression de puissance, en dépit de sa maigreur. La Colonelle et James l'ont examiné tel un extraterrestre. Manzi nous faisait face, à Tonton Damas et moi. Il a pointé les extensions brésiliennes dans ma direction.

— Hé hé mais c'est le Bébé Nesquik du Magda Café !

Je le reconnaissais ! Un régulier d'un bistrot situé dans la rue derrière le centre commercial Kigali Heights. Un lieu sobre et élégant. Meublé de quelques tables en bois brun foncé, de sièges et fauteuils confortables. Décoration épurée, fond musical instrumental, wifi gratuit, pas d'alcool et ouvert de 7 à 22 heures. Une clientèle majoritairement rwandaise, venant y travailler. On s'y coudoyait souvent, tôt le matin. Le Manzi, je l'avais repéré par ses lectures, des magazines de vulgarisation scientifique, son physique sec d'athlète et ses yeux mordorés. Moi, au Magda, j'y prépare mes animations muséales ou rencontre des clients.

— *Bébé Nesquik !* a rigolé James.

— C'était un des sobriquets des métis dans les cités kinoises, a explicité Tonton.

J'ai appelé la bonne pour la commande de notre hôte. Sans la regarder, Manzi lui a filé des billets, sortis de la poche arrière d'un pantalon cargo kaki.

— Whisky et je paye les dernières consommations. Dépêche !

Tonton a fait les présentations. *Ma famille. Ma sœur, Maman Colonel, ma nièce Erika et son frère James. Le grand-père vient de rentrer.* Manzi nous a serré la main. Souri avec gentillesse à Damas.

— Merci de m'accueillir dans votre intimité et de me présenter ta famille. Je suis heureux de te savoir entouré de tant de personnes.

Tonton a coupé net.

— Manzi, James s'intéresse à notre vie au Congo-Zaïre. Erika et moi n'en parlons jamais, sauf entre nous. Peut-être, toi tu peux ?

À notre grand étonnement, il a raconté sa survie. Tonton le connaissait depuis fin 93. Jamais Manzi n'y avait fait allusion.

Lawurensiya, voici le récit de Manzi.

Sa famille était originaire de Gisenyi. Ses parents tenaient une quincaillerie au centre-ville, derrière la mosquée, à l'avant de leur habitation. C'était une fratrie de quatre enfants. Il était le troisième, l'unique fils, âgé de vingt et un ans. Du mercredi 20 au vendredi 22 janvier 93, les partisans du parti présidentiel ont massacré des Tutsis et exécuté des Hutus démocrates dans les préfectures du Nord. (La Colonelle et James s'en souvenaient. James a intégré la guérilla lors de ces manifs.) Ivres morts, les manifestants ont pillé le magasin à la tombée de la nuit. Le père les a vus arriver. Il a caché épouse et enfants dans des plafonds. *Ma mère et mes sœurs étaient typées et claires. Des Éthiopiennes.* Les *Interahamwe* ont pénétré dans la maison et bâfré la nourriture prête sur la table. Ils ont réclamé de l'argent ! Où est la famille ? Le père a tenté de négocier. Il s'est fait descendre. Dans le groupe, quelqu'un a crié à la traîtrise du fils ! Sûrement une taupe de l'Armée de libération ! Il devait être dans la maison pour le dîner, il fallait le trouver. Manzi a grimpé sur le toit. Les femmes ont été découvertes. Il a entendu les *gufata kungufu*. Les militants étaient nombreux. *Ils ont tous voulu.* Longtemps après la tuerie, le pillage et l'agonie, Manzi s'est faufilé jusqu'au lac et a gagné à la nage Goma, la rive opposée. En juillet 94, à l'arrivée du millionnaire de fuyards rwandais, cornaqués par les génocidaires en déroute, il a fui. Troqué une gourmette en or avec un militaire, contre un sauve-qui-peut maritime pour la capitale zaïroise.

Lawurensiya, je te résume son propos vite fait. Sans les interruptions. Les éclats de la Colonelle, la rage de Tonton, les sarcasmes de James et le cynisme désopilant de Manzi. Le foot tonitruant de son téléphone et la radio au volume maximal du côté des soûlards. Je n'ai pas prononcé un mot. J'écoutais. Je m'occupais de la logistique des bières. Tu sais bien, Lo, notre imprescriptible soif. Vers 4 heures du matin, j'ai enfin ouvert la bouche.

Pour vomir.

## Kigali, samedi 30 juin 2018

Lo, le quotidien. Le manque de Vincent. Vincent.

Le mardi suivant, vers 7 h 30, je suis allée travailler au Magda Café.

La pluie venait de s'arrêter. Je suis partie à pied, humer le parfum particulier de la terre moite, mêlé à ceux de l'asphalte humide et des fleurs séchant après la grande lessive du ciel. Une petite demi-heure de marche interrompue par un énième appel de Vincent. Je ne décrochais plus. Instinctivement, j'ai allongé le pas, comme s'il était à mes trousses ! Oubliant du coup de savourer ma marche sous le soleil titubant. Alors, bien sûr, j'ai repensé à ton appel l'avant-veille, quand je cuvais mes bières devant une série télé nigériane. Je te le répète, l'entendre me soumettra. Encore. À l'insu de mon plein gré, oui ! Tu connais les frères mais tu ne les pratiques pas. Vincent ne permettra pas la moindre question à propos des photos. Car, évidemment, il est à la manœuvre, le lâche. *Toutes les valeurs s'inclinent devant la survie.* Cette déclaration de Mzee Idelphonse, je me la repasse en boucle.

La pluie s'est remise à tomber, m'arrachant à mes pensées. Je suis arrivée au passage piétons, devant une des entrées de Kigali Heights. Un véhicule militaire s'est arrêté pour m'accorder la priorité, d'un geste de main agacé du conducteur. Les autres automobilistes, bernique ! Tu connais l'Afrique. T'es à pied, tu es un pauvre, un minable, tant pis pour toi ! J'ai traversé et contourné le complexe en courant. Le veilleur du bâtiment, au rez-de-chaussée du Magda, est accouru à ma rencontre avec un parapluie aux dimensions d'un parasol. J'ai passé le bras sous le sien, en riant à sa taquinerie sur les bienfaits du sport. Il a ouvert à toute volée la double porte vitrée du café et je l'ai vu. Manzi. Assis dans un des fauteuils bordeaux, pile en face de moi. Il était attablé avec une beauté, devant des thés au lait et une corbeille de viennoiseries.

— Salut, Erika !

Je haletais à cause de la course, pour ne pas dire ma surcharge pondérale. Sans réfléchir, je lui ai fait la bise en le tenant par l'épaule. La beauté à la peau lisse et foncée, aux traits harmonieux sans être fins, m'a toisée. Elle a daigné répondre à mon bonjour du bout de ses lèvres ourlées. J'ai lu son mépris à la vue de mon jean déchiré aux genoux, de mon sweat-shirt turquoise et des cheveux hirsutes débordant de la capuche. Tu connais les Sistas, hein. Les yeux scanners à la recherche de la faille. Manzi et moi avons échangé des banalités sur les intempéries. La beauté arborait plusieurs bijoux en or, dont une grosse alliance piquée de brillants. Elle était tirée à quatre épingles comme les femmes le sont ici. Coiffée de longues tresses très fines, les préférées de Vincent.

Un serveur a soulevé mon sac à dos jusqu'à ma place favorite, dans un coin face au large bar. Ils sont amants, ai-je pensé. Pas à cause de la férocité du regard de la femme, c'est un classique ici. Non, je ne sais pas. Quelque chose de mal à l'aise en elle, dans sa posture face à Manzi. Tiens, il ne nous a pas présentées. J'ai branché mon ordinateur.

Je travaillais depuis plus d'une heure. Manzi s'est assis devant moi. Il a retourné sa casquette sur la table et déposé dedans des clés de voiture, son smartphone et des lunettes de soleil.

— Un café pour me faire pardonner les éclaboussures de vomi sur ton pantalon samedi ?

— De quoi s'agit-il ? a-t-il souri, élégant. Non, merci, je dois bouger. À propos de samedi passé, tu envisageais d'aller à Gisenyi ce week-end ? Tu pars en bus, si j'ai bien compris ?

— Ouais. Vendredi après-midi ou samedi très tôt.

— Vendredi soir, j'ai un rendez-vous de travail à Goma. Si tu veux, je te dépose ? Je reviens à Gisenyi le lendemain matin. Puis j'irai voir ma Grand-Tante à l'intérieur des collines. C'est sur la crête Congo-Nil. Si ça te dit ?

— J'adorerais ! La Tante serait d'accord ?

— Oh oui ! Elle se plaint de ne plus pouvoir utiliser le français. Elle le parle mieux que toi ! Elle était gouvernante dans un couvent tenu par des religieuses belges, fin des années 60.

Nous avons enregistré nos numéros respectifs.

Gisenyi, mon refuge, la plus belle ville du monde – Lo, merci de ne pas te moquer.

Kigali, samedi 14 juillet 2018

Sista !

— S'il te plaît, sois ponctuelle ! avait prévenu Manzi, nerveux.

Il a klaxonné devant la maison le vendredi à 18 heures tapantes. Au volant d'un pick-up Toyota blanc, cabine à trois places. À l'arrière, un chargement de caisses en bois contreplaqué avec chevron, sur lequel trônait un jeune convoyeur. Souriant, en bleu de travail crade et insolite bonnet en laine rose. Il a enjambé le rebord pour prendre mon sac à dos. J'ai préféré le garder et je me suis assise auprès de Manzi. Il était en ligne, écouteurs aux oreilles. Irrité. Il expliquait à son interlocuteur qu'un *mabere ya nyoko* à la douane lui avait pourri la vie. Il serait à Goma pour 22 heures et livrerait la marchandise. Quinze minutes plus tard, le crépuscule a cédé la place à la nuit. Nous avons pénétré dans le désordre de Nyabugogo. J'aime l'agitation de ce quartier. Sa pulsation kinoise, chaleur collante en moins. Il y a le bruit de la circulation, des jeux des enfants, de la musique des échoppes. Les plaidoyers des soûlards, des arnaqueurs et les promesses des prédicateurs, émoustillés par des badauds, des navetteurs et des policiers à l'affût. Il y a, bien sûr, les rediffusions tous azimuts de matchs de foot, en kinya, en français ou en anglais. Les visages luisants et las des marchandes en pagne bariolé, empressées vers les bus, bassines sur la tête, bras encombrés de sacs remplis, bébé au dos.

Lo, ce n'est pas le bruit d'*avant*.

Comment dire ? Il est comme feutré. Retenu à flanc de vacarme. Représente-toi, un terminus national de bus, une pléthore de boutiques, un marché, des gens et des véhicules partout et on s'entend sans besoin d'élever la voix.

L'odeur non plus n'est plus la même. Tu trouves encore des camelots avec leurs paniers de boissons fraîches, de sucreries ou de beignets. Mais plus de fritures ou de grillades de viande à même le sol, comme chez nos voisins tanzaniens, congolais, ougandais ou burundais.

Après le grand carrefour de Nyabugogo, envahi de motos-taxis pétaradantes et des portables radios des conducteurs, on poursuit jusqu'au rond-point suivant, celui de la station-service. On braque à droite. C'est le début de la longue montée. L'ascension à peine entamée, la fraîcheur de la fin de journée te saisit ainsi que l'harmonie du paysage. D'un côté, une large vue sur Kigali illuminée. De l'autre, la rivière Nyabarongo qui s'insinue dans la vallée. Manzi a accéléré. J'ai jeté un œil anxieux sur le compteur. Il faisait noir. Il y aurait les impatients du vendredi soir. Une procession de piétons surchargés sur les bas-côtés et d'invisibles cyclistes suicidaires ou agrippés aux pare-chocs des camions. La route vers la ville de Gisenyi, renommée

Rubavu, est en bon état. Elle grimpe vers le nord-ouest, de lacet en lacet, et ne tolère pas la distraction. Manzi était encore au téléphone, presque calmé. La pluie s'est mise à tambouriner. Je me suis endormie.

Près de cent kilomètres plus loin, à Musanze, le froid m'a réveillée. Une pluie fine persévérait. Nous étions à l'arrêt, la portière de Manzi bâillant. Il était à l'arrière du pick-up, occupé à y installer des passantes et leur chargement de vivres. Il y a eu des rires, des exclamations et des bénédictions destinées à Manzi pour sa sollicitude. Il est rentré récupérer dans la cabine une bâche en plastique pour en recouvrir les vendeuses. J'ai enlevé ma ceinture pour sortir les aider. Il m'en a empêchée.

— Il pleut.

Je me suis tournée vers lui et mon front a heurté la visière de sa casquette. Lui, le nerveux, il l'a retirée avec délicatesse. Il s'est penché sur moi, avec un léger sourire ironique.

— Bébé Nesquik, ça va ?

— Oui…

Son visage, près du mien. Je l'ai regardé. Ses yeux ont rempli l'habitacle de leur brun chaud, pailletés, malgré la lumière voilée des réverbères extérieurs. Des yeux mordorés. Manzi, je l'ai souvent observé à la dérobée au Magda. Je découvrais le détail de ses traits. La bouche large aux fines lèvres, les pommettes rendues saillantes par des joues creuses. Quelque chose m'a émue. Mon estomac s'est contracté. Le convoyeur a crié un *ça va ?* Manzi a eu un mouvement de recul. Il est sorti du pick-up et a déplié la bâche avec son jeune gars. Il y a eu de nouveau des rires, des exclamations et des bénédictions pour Manzi, sa famille et sa descendance. Nous avons redémarré. Pour zapper mon trouble, j'ai branché Manzi sur Goma.

— Manzi, comment est devenue la ville ? Raconte-moi… Ma dernière visite à Goma date des vacances de Noël 93. J'étais avec mes parents… Nous repartions à Kinshasa.

— C'était la dernière de tout, alors ?

— Voilà.

Il a raconté. Goma. La ville. Je n'ai plus écouté.

Pourquoi avais-je entrouvert cette porte ? Celle de *la dernière fois*. Celle d'*avant*.

Manzi parlait. J'étais loin. À l'opposé géographique. Dans le sud du Rwanda. Il y a un quart de siècle. J'entendais Maman. Ce matin-là. Très tôt. Là-bas. Chez les Tatas. Le père était sorti faire son jogging. Il a toqué à ma fenêtre. *Ta mère t'appelle.*

Maman se coiffait devant un miroir, appuyé sur un des volets fermés. Elle ne s'était pas retournée. Elle a attendu que je sois auprès d'elle.

— Ma fille, as-tu compris que tu ne reverras plus mes sœurs ? Tes Tantes ? Tata Gaudence ?

— Pourquoi ne viennent-elles pas avec nous à Kin ?

— Ton père a tout essayé. Elles refusent. Au cas où, elles se réfugieront à la paroisse. Comme d'habitude. Tes Tantes me croient folle. À cause de ton frère.

Moi aussi, je le pensais. Elle devenait dingue. Le frère mort, il n'y avait plus ses *je les tuerai tous* pour contenir ses *ils nous tueront tous*.

L'impassibilité de la mère.

Les Tatas. Gaudence, ma Gaudé.

— Erika wanjye, remplis ta conscience de l'existence des Tantes et ton cœur de gratitude. Mes sœurs, elles nous ont donné beaucoup d'amour.

J'étais debout à côté de la mère. Devant le volet ouvert. J'ai caché mon visage dans les mains. Je ne pleurais pas. Je ne peux pas pleurer devant la mère. Jamais. (Toi, Lo, tu as déjà pleuré devant elle ?)

Elle délirait. Le frère.

Elle a posé son peigne.

Je me souviens de ses doigts sur ma peau. De son geste. Retirer mon T-shirt de ma jupe-culotte. Je m'étais rapprochée d'elle. Elle a apposé une joue si douce sur mon ventre. Entouré ma taille d'un bras. Je l'ai tenue par la nuque. Elle était tellement menue malgré sa stature.

— Allez, Wanjye ! Allons partager le thé avec les Tatas.

Je ne la lâchais pas. J'avais besoin d'elle. Égoïste que j'étais.

Elle a retroussé sa robe sur ses cuisses d'échassier. Elle les a écartées. Pour m'attirer au plus près d'elle et se ventouser. J'ai senti son haleine. Son soin capillaire au coco. J'ai fermé les yeux. Dehors, le berger sortait le bétail de l'étable en louangeant Dieu pour l'abondance des collines. J'entendais notre vie. Les Tatas. Leurs bavardages, leurs rires, le pilon dans les mortiers, le pépiement des oiseaux, des enfants, la basse-cour, le bruit de la cuisine, de l'eau chauffée versée dans des cuves pour laver le linge.

Lawurensiya, comment te dire ? Dans cette étreinte, la mère m'a rechargée de sa vibration. Un voltage violent. De ténacité. De sensualité crue. Je comprenais enfin. La mère, elle était radicalement sensible. Cette sensibilité, c'était son bagne. Sa démence et son génie. Sa spiritualité. Son insaisissabilité. Le foudroiement de son mec, notre père.

Lawurensiya, ta mère a embrassé le nombril de son enfant et osé une timide déclaration :

— Ma fille, après la prière de l'aube, je t'ai préparé des beignets à la banane *kamaramasenge* pour la route et des crêpes pour accompagner le thé du petit déjeuner. Allez, *shenge disi*, *tugende*, on y va.

J'en étais là dans l'archéologie de mes souvenirs lorsque Manzi m'a déposée dans la cour du couvent des Bénédictines, à Kigufi, à dix kilomètres de Gisenyi et presque autant de Goma. La sœur Agatha, gestionnaire de la partie hôtelière du monastère, m'a conduite à ma chambre, à côté de la chapelle.

Je flottais.

Kigali, dimanche 15 juillet 2018

Lo,

Gisenyi, pour toi et Vincent, c'est le *hutu power*, l'excellence de la haine. Le ciseleur de la destruction, chefaillon de millions de gueux enchantés en machette. Le terroir de Habyarimana. L'ultime président génocidaire.

Gisenyi, pour moi, c'est d'abord un sas. Un tressaillement du Zaïre vers le Rwanda matriciel. C'est la mère. Ma Magnifique. Dans la plénitude du manque des siens. Ses plaisanteries avec les Tatas. Son écoute. Ses anecdotes sur le grand voisin zaïrois. Ses sourires. Ses rires. Sa main droite pudique sur ses lèvres et la topaze dorée miroitante à son annulaire. C'est aussi les yeux du père quand il la regarde, leur couleur Caraïbe flamboyante. Il la serre contre lui. Il embrasse ses tempes. Elle ne le repousse pas, plus, jamais, de son sempiternel *Johan je t'en prie.*

Gisenyi, Lawurensiya, c'est mon oxygène rwandais. *Ta cachette*, dirait Vincent.

Le lac Kivu. En venant de la capitale, soudain, il apparaît. Au détour d'un virage aigu. Le *Tout Beau*, l'appelait Tante Gaudence. Pour se rendre à Kigufi, chez les cinq moniales bénédictines, tu dépasses l'usine nationale de bières. La Bralirwa. Déjà, une promesse de joie en soi. Tu t'engages sur la piste. Tu longes l'eau, sur la gauche.

Surgit mon éden. En journée, la barrière est ouverte. Tu suis l'allée de graviers blancs soigneusement entretenue, jusqu'à la cour, un parking fleuri et la réception. D'un côté, le lac. De l'autre, une trentaine de nouvelles chambres, sobres comme une cellule de clerc. La disposition du monastère n'a pas changé depuis notre enfance. Il y a le grand bâtiment rectangulaire incluant la maison et ses quatre chambres, les sanitaires, la cuisine et ses dépendances, un réfectoire ouvert sur la terrasse et le lac. L'immense gazon est parsemé de parterres. De bancs isolés à l'ombre d'arbres, d'où tu peux rendre grâce à Dieu ou au Tout Beau. Avec, à l'horizon, l'île d'Ijwi, Goma et le volcan Nyiragongo.

Le lendemain, samedi, vers 7 heures, Manzi a téléphoné. Pour s'excuser et reporter au dimanche la visite chez sa Grand-Tante. Il était énervé par la désorganisation congolaise. Il rentrerait à Gisenyi dans l'après-midi.

— Pas de problème, Manzi ! Ravie d'avoir un jour de plus !

Je venais de m'asseoir dans le canapé de la terrasse, face au Tout Beau. Le soleil brillait mais ne réchauffait pas encore. À mes côtés, sur un petit tabouret, une théière bouillante et des beignets sur une soucoupe. Il y avait déjà une dizaine de personnes attablées, apparemment une congrégation en retraite. Le personnel prenait la commande des amateurs d'omelette et invitait à se servir au buffet dressé dans la salle à manger. Thé, café, chocolat et lait chauds. Des pains, des salades de fruits variées, des avocats, du miel et des confitures maison, du fromage et des yaourts locaux, du beurre, une soupière fumante de bouillie d'avoine. Un petit déjeuner aussi copieux qu'*avant*.

Sœur Agatha est arrivée. Petite tête ronde joviale avec de grands yeux marron. Elle a salué chacun des religieux, avec sa chaleur habituelle. Elle est venue vers moi. Très souriante. Mamelue, poussant devant elle son gros ventre ceint d'un énorme trousseau de clés. Je me suis levée pour l'embrasser, avec tendresse et respect.

— Erika ! Tu nous as manqué ! Depuis Noël ! Cinq mois !

Nous avons échangé des gentillesses. La sœur intendante a tenu à me présenter aux pénitents. Plusieurs m'ont examinée tel un bestiau de ferme. Sans me consulter, ils lui ont demandé si j'avais un parent rwandais. Les écoutant, j'ai de nouveau pensé que la sœur Agatha ne s'enquérait jamais de Maman. Pourtant, elle la savait vivante et à Bruxelles. M'est revenu en mémoire un bavardage téléphonique avec Vincent à ce sujet. *Moi*, commentait-il, *c'est ton étonnement qui m'étonne.* J'avais changé de conversation. Gisenyi, Kigufi, Lo, j'ai un besoin vital de les garder intacts. Tant pis pour mon trouble persistant à l'endroit d'Agatha et de sa dégaine un tantinet obséquieuse.

— Erika vient ici depuis son enfance. C'est notre sœur, une fidèle. Elle aime la chambre près de l'oratoire. Attends-moi, Wanjye, je vais prendre un café près de toi.

Lo, j'ai été touchée tu sais. Elle se dirigeait vers le réfectoire, dans sa soutane brun clair et son voile brun foncé. Je l'ai suivie des yeux. Elle portait, comme d'habitude, une paire de baskets de course à pied, avec des socquettes noires. La sœur est revenue avec un bol de café au lait. Elle s'est affalée près de moi. J'ai pris des nouvelles de ses études. Elle suivait un cursus en management et leadership à Gisenyi. Les cathos et le pognon, je te jure. On a papoté. L'intendante a soupiré. Elle devait travailler.

— Merci, Wanjye, pour ce moment. Et toi ? Que prévois-tu ?

— Oh justement, ma sœur. Pouvez-vous m'indiquer la maison d'Higaniro[1] ? C'est une des deux villas, près du dispensaire, mais laquelle ?

Elle s'est brutalement mise debout. D'un coup, très agitée. Méconnaissable ! Elle a haussé la voix. Froncé les sourcils.

— La maison d'Higaniro ! La maison d'Higaniro ! Pourquoi ? J'ignore où elle se trouve ! Je ne sais pas ! Enfin, pas vraiment…

Je la regardais. Perplexe. Tension sur la terrasse. Palpable. Dans mon oblique gauche, j'ai perçu l'attention de la confrérie. Un novice, en train de débarrasser, a déposé avec précaution une pile d'assiettes. Il nous écoutait. Il ne parlait pas un mot de français. Ce n'était pas nécessaire. Suffisait, ce nom. Higaniro.

---

1. Alphonse Higaniro, né en 1949, industriel surnommé « le coffre-fort des *Interahamwe* », la milice génocidaire hutue. Condamné en 2001 à vingt ans de détention par la cour d'assises de Bruxelles, dans le cadre du procès dit des « quatre de Butare ».

— Pourquoi souhaitez-vous identifier cette maison, Erika ?

Elle me vouvoyait ! L'atmosphère *subito* pesante m'a arrachée à mon bercement lacustre.

— Ben… Euh… Je n'ai pas de raison particulière… Peut-être pour avoir une destination de marche ? Aujourd'hui, je tiens à localiser, avec exactitude, la villa d'Alphonse Higaniro !

Elle transpirait. S'est rassise, au bord du divan. Bras croisés. Mâchoire contractée.

— Je ne le connaissais pas, a-t-elle anticipé. Non, Erika, je ne le connaissais pas ! Enfin, cependant, un jour, une seule fois, je l'ai croisé sur la route vers la Bralirwa.

— La Bralirwa ? Ça fait une trotte.

— J'étais en voiture, avec notre chauffeur. Higaniro lui a fait signe de s'arrêter. Il cherchait son chemin.

— Hein ? Son chemin ? Il est d'ici, non ?

Elle a bafouillé. La congrégation mastiquait. En silence. Seuls, des cliquetis de couverts.

— Il conduisait lui-même ? Un patron comme lui ?

— Oui. Lui-même ! Il était sans son chauffeur. Il s'était perdu.

— Ah…

Elle m'a entraînée derrière la chapelle. A soulevé à pleines mains sa soutane. Nous sommes montées sur un banc en pierre. Des domestiques étalaient des draps sur une corde. Elles ont observé la scène. Bouche bée ! Sœur Agatha a allongé le bras pour m'indiquer, confuse, la fameuse villa.

Je m'en suis allée. J'ai oublié… Au crépuscule, je suis rentrée en taxi-moto à Kigufi. J'étais en train de régler ma course quand la mère supérieure, la belle Nyampinga, excitée, m'a apostrophée d'un claquant *Erika !* sans même saluer le motard.

— Bonsoir, Mère !

— Erika, la sœur Agatha m'a informée de ta recherche sur la villa d'Higaniro.

— Oui, Mère.

La prieure, top-modèle en robe d'église, gestionnaire d'un couvent hôtelier et de sa ferme, m'attendait sur le seuil. Moi, athée pratiquante, pour m'entretenir de ce chien d'Higaniro ! Je me suis inclinée, yeux baissés, pour lui serrer la main avec déférence. Elle m'a redressée en soutenant mon menton, son mètre quatre-vingt-cinq penché sur moi.

— Qu'a-t-elle raconté ? Sais-tu qu'Higaniro a été jugé chez ton père ? En Belgique ?

— Oui, je le sais. Ben, elle m'a finalement indiqué le lieu, après m'avoir expliqué ne pas connaître l'homme. Si ce n'est l'avoir croisé une fois, par hasard, alors qu'il s'était égaré.

La mère supérieure a explosé.

— Elle a comparu à son procès à Bruxelles pour le défendre ! Dis-moi, Wanjye, toi, choisirais-tu un inconnu comme témoin à décharge pour une accusation de crimes contre l'humanité ?

— Mère ! Sœur Agatha a trempé ?

Lo, je n'en revenais pas ! La prieure m'a attirée sur le banc du porche, bardé de bougainvilliers et de roses.

— Trempé ? C'est une *Interahamwe* ! Erika, au fond de toi tu le sais ! Je ressens ton malaise avec elle. Agatha aussi le sent, j'en suis sûre. Tu ne la supportes pas !

Tu lui donnes la politesse pour protéger ton enfance, pour te sauvegarder. En 94, elle *travaillait* pour Higaniro. Nous étions une vingtaine de religieuses, dont plusieurs Tutsies. Bouclées dans la salle à manger des pensionnaires. Qui détenait les clés ? Agatha ! Elle portait déjà un gros trousseau à la taille et un talkie-walkie. Elle traitait sans intermédiaire avec Higaniro ! Ou bien avec le chef des miliciens et un gradé. Elle aussi avait peur. Auprès des tueurs, elle justifiait sa présence d'être ensemble avec nous seulement à cause de Dieu.

— Elle vous a malmenées ?

— Tu devais t'adresser à elle avec égard et humilité. Elle, la novice, était devenue la propriétaire de nos vies.

— Pourquoi ? Pourquoi agissait-elle de la sorte ?

— Parce qu'elle est hutue, tiens. Elle venait d'intégrer notre foyer bénédictin. Elle était très orgueilleuse. C'était l'opportunité pour elle de nous mépriser, de nous appeler *inyenzi*.

— Ma mère, et Dieu ? Sœur Agatha, a-t-elle la foi ?

— Dieu ? Ces gens-là profitent de Dieu pour cacher qu'ils sont pires.

Nous nous sommes assises. Il y avait une lanterne en fer forgé derrière la prieure. Elle était belle, Nyampinga. Elle avait une peau soyeuse. Un teint cuivré avec des traits fins réguliers. De grands yeux marron clair légèrement étirés. De discrètes lunettes. J'ai passé le bras sous sa soutane et blotti sa main dans les miennes. Elle était accablée. Les siens ont été assassinés. Il lui reste un neveu, bébé à l'époque. Sa voix a tremblé de colère et de chagrin contenus. Elle a raconté.

Une nuit, un des policiers communaux qui les surveillaient, de mère tutsie, a corrompu son collègue. Il avait l'intention d'exfiltrer les religieuses vers Goma, par le lac. Agatha ne voulait rien entendre. Il fallait, s'acharnait-elle, en aviser d'abord Higaniro ! Le policier bâtard a palabré, plaidé qu'elle aussi serait machettée. D'ailleurs, il se la réserverait. *Non ! Je suis hutue*, hurlait-elle. *Une Hutue traître ! Aux ordres des Tutsis*, a rétorqué le corniaud. Le temps s'égrenait. À l'aurore, sœur Agatha a capitulé. Sans délai, aidé par des pêcheurs zaïrois, dans le froid glacial du Nord, le policier a embarqué la communauté sur des pirogues. Elles ont ensuite été abritées par les abbayes bénédictines en Belgique.

— Ma mère, comment se déroulait le quotidien en Belgique ? Entre vous ?

Elle a gémi.

— Au début, j'implorais des prières. Pour la paix des suppliciés. Pour nous, exsangues de nos familles. Erika, pour nous assister, pour obtenir le secours divin. L'Agatha, certaines Hutues, pas toutes, et les Belges refusaient. *Au nom du Dieu tout-puissant, miséricordieux, agenouillons-nous*, invoquaient-elles. *Prions. Pour oublier. Pour pardonner. Pour aimer.* Alors, Erika, ta question… Je m'exhorte à la gratitude. À être reconnaissante envers l'hospitalité des consœurs de Liège et de Maredsous.

Mère Nyampinga a caressé ma main pensivement.

— Erika… En Belgique, l'esprit pieux de mon père m'a visitée – que son âme soit en Christ. Jadis, il affirmait la gémellité des Hutus et des Blancs. Des pécheurs, prêts à s'humilier par cupidité. C'est une malédiction, compatissait-il, d'avoir une nature contradictoire d'avarice et de gourmandise. *Kabisa Wanjye.* En Belgique, j'ai étudié les Blancs. Eux aussi, ils ont exterminé les leurs. Ceux appelés juifs, ils les ont déportés pour les effacer. Erika, en vérité je te le dis. La supériorité définitive du Blanc sur nos frères, c'est d'exporter sa violence hors de chez lui, hors de son continent. À l'insu des siens. Ni vu ni connu. Est-ce de l'intelligence ? Le résultat d'une expérience millénaire d'oppression ? Du machiavélisme ?

La belle Nyampinga s'est tue. Elle s'est essuyé les yeux avec nos mains enlacées. Elle s'est levée.

— Pardonne-moi, Wanjye. Je suis découragée ce soir. Viens, allons prier dans notre chapelle.

Lawurensiya !

Quarante minutes plus tard, j'ai profité de l'office des vêpres pour m'échapper du culte et filer contempler le lac. Devant le Tout Beau si paisible, j'ai fumé des cigarettes. Décrypté ma journée. Lawurensiya, j'étais bouleversée. Kigufi ! Oui, je savais au fond de moi. Oui, elle a raison la prieure. *Tu ne la supportes pas ! [...] pour protéger ton enfance, pour te sauvegarder*. Et Vincent, son commentaire. Il n'avait pas poussé sa langue. Effleuré, sans l'érafler, ma cachette, mon refuge. Vincent, il m'a déniaisée comme ses baisers. Du bout des lèvres. Doucement. Pour commencer.

Mon portable a vibré dans mon sac, avachi sur l'herbe. Je n'ai pas bronché. Puis une deuxième. Troisième fois. Peut-être Manzi ? À propos de demain ? J'ai pris le téléphone. James.

— Putain, Erika ! Tu fous quoi ?

— Je célèbre le lac Kivu.

— Ah !... Je stressais. J'ai essayé de te joindre plusieurs fois ! Comme tu prends des motos...

— Ooooh, mon Jaja ! Tout va bien.

Nous avons bavardé. De son prochain départ pour la Belgique. D'Assumpta, de ses princesses, de notre petite famille à nous. *Ça va, Erika?* a-t-il insisté. *Super, Jaja! T'sais bien, Gisenyi et moi...* Je lui ai expliqué y être venue avec Manzi. La promenade dominicale sur la crête Congo-Nil, le lendemain, pour aller saluer sa Grand-Tante.

— Karatéka, Manzi je veux dire, tu l'as déjà bouffé ?

— C'est pas à l'agenda.

— Erreur, Erika ! Ça te distraira ! Karatéka, c'est le profil parfait. Un type correct et sans cœur.

— Des nouvelles de Vincent ? ai-je coupé.

Sa voix s'est altérée, recouverte par les chuchotis du Kivu à mes pieds.

— Quoi, Jaja ? Tu m'angoisses.

— Vincent, franchement, ça va pas. Il s'en veut à mort. Ton mutisme le déstabilise. Erika, il est affolé. En panique !

— Ah bon ? Panique de quoi donc ?

— D'avoir brisé la relation. De te perdre. *Ça me déchire*, répète-t-il. Conséquence, il a foiré un gros contrat. Même baiser, il n'arrive plus.

— Il n'arrive plus à baiser ?

— *Umva* Erika, te formalise pas. C'est un truc de mec. Quand ça déconne avec ta femme à cause de toi-même.

Je me suis tue.

*Il y a dans le ciel six saucisses et la nuit venant on dirait des asticots dont naîtraient les étoiles*[1]

— Erika ! Vincent t'aime. Alors, hein, ne confonds pas tout !

---

1. Apollinaire, « Obus couleur de lune – Il y a », *op. cit.*

— Écrire un message, deux mots, *ndagusaba imbabazi*, je te demande pardon. Ça lui arracherait quoi ? Les couilles, j'imagine ? Allez, rien que neuf lettres, *mbabarira*, pardonne-moi.

James n'a pas ri.

— *Umva* Erika. T'es blessée par mes propos ? Je traduis du kinya, c'est très différent l'expression des sentiments.

— Ben, change de métier si t'es si nul !

On a ri. J'ai versé des larmes silencieuses. Torturé James. Je voulais entendre les mots de Vincent en kinya. Leurs sonorités. Leurs anxiétés. La syllabe trop étirée du *ri* d'Erika. Je voulais une impossible traduction littérale.

— Vincent, il recourt aux proverbes pour dévoiler ses sentiments, s'est agacé James. C'est soit incompréhensible, soit intraduisible !

— James, pourquoi devrais-je faire le premier pas ?

— Pour lui apprendre comment faire. Ouvrir la voie. Erika, je te jure, il accourra à Kigali.

— Pourquoi toi tu sais et pas Vincent ?

— Moi non plus, je ne sais pas. Sinon, Assumpta ne serait pas enceinte d'un autre.

Les pêcheurs, évanescents, glissaient là-bas loin, en eaux congolaises. Le Tout Beau recouvrait son immobilité, à peine striée par des frissons de vent. Il chantonnait sa mélodie suave et immémoriale. Plus puissante, Lo, que nos inépuisables agonies.

James a allumé une clope.

— Erika ? Une dernière avec moi ?

— Ouais, Jaja. Puis dodo. Suis exténuée.

Kigali, samedi 4 août 2018

Lawurensiya,

Le dimanche matin, Manzi a téléphoné à 5 h 30. La pluie inondait le Tout Beau. J'ai eu un serrement au cœur. Annulait-il l'excursion ?

— Nesquik, ça va ? Bien réveillée ? J't'envoie le pick-up dans une heure. Un taxi-moto, c'est pas raisonnable. Comme convenu, rendez-vous au Serena à 7 heures.

— Merci, Manzi. C'est gentil.

Une domestique a frappé à la porte. Elle avait bravé la drache pour m'apporter un thermos de thé bouillant. Une attention de sœur Agatha. Hier m'est revenu. La mère supérieure. Vincent. Ravagé. Par mon silence. Par sa misérable quéquette impuissantée par ses sentiments. *Ravagé.* James s'était décidé sur cet adjectif pour qualifier l'état de Vincent.

Le problème, Lo, c'est que Kigufi, mon oxygène, c'était fini. Fini.

Enterrement la veille en comité restreint. La prieure et moi. Dans le vent frisquet, les murmures humides et lancinants des catacombes du lac Kivu. Avant l'appel de James. Sans vous. Ni les vivants. Ni les morts.

Voilà.

Kigufi, mon refuge, ma cachette, ma respiration, mon havre de paix, c'était une vieille demeure hantée, bâtie dans un cimetière lacustre. Une maison habitée par des revenants. Administrée par une criminelle. En nuisette et culotte, je suis sortie fumer sous l'auvent de ma chambre, enveloppée du couvre-lit. Là, à jeun, à 5 h 38 du mat, dans le froid. J'ai écoulé le thé dans la rigole. Suivi des yeux le liquide couleur rouille foncé. Lo, dans le rouille, il y a de l'orange ? Ou du brun-rouge ?

Voilà. Kigufi, c'était fini. *Au fond de toi, tu le sais Erika.*

Ma cigarette m'a ramenée à la dernière, hier, avec James. Ton avis, Lo ? *L'éventualité de perdre Erika empêche Vincent de tirer à vue, les meufs.* Lawurensiya, James, il aimerait que je fasse comme nous faisons, quasi toutes, quand notre mec est infect. Tous les colonisés, allez ! presque tous, les femmes et les Noirs par exemple, reniflent, d'instinct, comment se comporter. En amadouant l'autre. En s'obligeant, à son service. En le flattant. Pour que, ne se sentant plus en danger, l'autre ne te tue pas. Sûr que Vincent accourrait à Kigali !

Sauf que Kigufi, mon oxygène, c'était fini, Lawurensiya.

Mes pensées hagardes m'ont renvoyée à James et à la Colonelle. À leur Évangile. Leur credo, *Erika, tu surestimes beaucoup trop l'amour.* Lawurensiya, ils ont raison. Je vais les imiter ! Me réjouir, d'expédients. *Pratiquer l'acte de vivre. Désobéir. Inventer une langue à deux*, disait l'interprète.

Commencer par récupérer la mienne. Shootée à la peau déshydratée de Vincent.

La réhabiliter. Libre, dans son sentir. Libre, dans son dire.

L'extraire de la gangue à se taire,

À se résigner. À être colonisée et à en raffoler.

Un bruit sec de raclette sur le petit parvis de la chapelle m'a fait sursauter. La pluie s'était arrêtée. Les ouvriers entraient en scène. J'ai regardé l'heure. 5 h 57. Me doucher. Plier bagage. J'avais faim. À 6 h 10, j'ai quitté la chambre. Le long du sentier vers la salle à manger, j'ai échangé les salutations matinales avec les jardiniers, ces artisans du Beau.

J'ai reconnu sa voix de loin. Sœur Agatha était sur la terrasse avec une partie de la congrégation. Il y avait une profonde quiétude.

— Erika, a articulé doucement l'intendante.

Je l'ai embrassée. Ai serré la main de chacun des religieux attablés.

— Merci pour le thé, ma sœur.

À l'attention des curés, j'ai ajouté : *Sœur Agatha, c'est l'ange gardien de ces lieux.* Il y a eu des *Alléluia ! Kabisa ! Amen !* Elle m'a prise dans ses bras. Elle fleurait les vêtements séchés dehors. Un mélange de vent, d'eucalyptus et de poudre à lessiver. J'ai embrayé. Joyeuse !

— Ma sœur, mère Nyampinga m'a confié votre séjour en Wallonie, à Liège et à Maredsous. Ce sont de jolies villes, n'est-ce pas ?

— Oh oui, Erika ! C'était bien d'être réconfortées dans ces foyers après les *événements*. Nous avons vécu des choses intolérables en 94.

Un des pénitents s'est signé.

— Ma sœur, l'a-t-il consolée, nous devons accepter nos épreuves et encourager à renoncer aux accusations.

— Les accepter et cultiver la bienveillance, approuvai-je.

Sœur Agatha m'a décoché un regard suspicieux. Elle a soupiré.

Le novice nous a interrompues pour me proposer une omelette. Il était 6 heures et quart passées. Le chauffeur ne tarderait pas. J'ai décliné. Justifié mon refus par le petit déjeuner en ville, avant la promenade dans les collines.

— Sœur Agatha, je souhaitais seulement vous saluer.

— Assieds-toi près de moi en attendant le véhicule, Wanjye.

Le curé a repris la discussion et déclaré :

— La dénonciation est le fait d'un esprit pervers ! D'un ingrat ! Insatisfait du destin choisi pour lui par Dieu ! Un orgueilleux dévoré par la colère !

Les yeux de sœur Agatha ont rétréci. Son visage s'est crispé. Elle a posé une main sur mon pantacourt safran.

— Je suis très d'accord ! Erika, connais-tu ce proverbe pour signifier la colère ? Il la compare à *isombe*, les feuilles de manioc. Pour en obtenir une poignée, tu le sais, il faut en bouillir une importante quantité dans un grand volume d'eau.

L'Agatha s'est mise de biais sur le canapé, pour me regarder bien en face.

— Telle est la colère, Erika. Elle te détruit. Elle ne détruit que toi. Elle n'altère en rien le contenant ou le récipient. La colère ne modifie rien. Elle ronge. Tu vois, Wanjye, c'est une douleur terrible de ne pas pardonner.

— Amen ! Alléluia ! a acclamé la table des pénitents.

— Merci, ma sœur. Je vais méditer votre parole.

Elle a tracé une croix sur mon front. Le gardien est venu me prévenir. Le pick-up était dans la cour. Je me suis levée. J'ai resalué chacun, un à un. Reçu des tas de bénédictions et des recommandations de prudence, les collines seraient dérapantes. J'ai pensé à Maman. Personne ne lui transmettait le moindre souhait. À une mère. Une femme âgée. Cette grossièreté incroyable au Rwanda. En Afrique.

Sœur Agatha m'a accompagnée jusqu'au parking. Le chauffeur était congolais. Je me suis penchée sur la portière pour agiter le bras. Pour regarder ce lieu où, jamais, je ne remettrai les pieds. La barrière franchie, j'ai augmenté le volume de la radio. Papa Wemba sur les ondes. La rumba.

— Toi aussi, tu aimes le Vieux ? a souri le conducteur, un quadra bedonnant. Il a donné un tour supplémentaire au volume, passé un coup de fil et, en toute logique, parlé très fort.

J'étais ailleurs. Comme à l'aller avec Manzi. En berne à Kigufi. L'Agatha. La vacuité des accusations. On vous a génocidés, vous avez survécu. Remerciez-nous dèh ! *Quelle est cette arrogance ? Cette incapacité à pardonner ? Cette absence d'humilité ? La colère, cette faiblesse des minables.* Le chauffeur me racontait des trucs. Des enfants rivalisaient de rires en sautillant dans les flaques. L'Agatha. Son odeur sur mon sweat-shirt.

L'Agatha, elle a trahi. Tout le monde.

Lo, par ordre alphabétique, voici ma liste des trahis. Les bénédictines. Caïn. Le contribuable belge. Dieu. Higaniro. Les Hutus. La justice. Les Liégeois. Les Maredsoliens. Nous. Le Rwanda. Les Rwandais-déchets cafardeux en moins. La Vie.

## Kigali, dimanche 12 août 2018

Ma Sista !

À l'entrée de Gisenyi, à l'angle formé avec la route vers la Bralirwa, le chauffeur a baissé la musique et pointé du doigt un joggeur en short, s'engageant dans l'entrée arborée du Serena.

— C'est Karatéka.

Il a ralenti à son niveau. En nage, l'homme s'est tourné vers nous et j'ai reconnu Manzi.

— Bébé Nesquik, ça va ?

Je n'ai pas pu m'empêcher de rire, déclenchant le sien et celui du conducteur.

— Nesquik, rendez-vous sur la terrasse côté piscine dans quinze minutes ?

Lo, j'adore cet hôtel. Pas pour son luxe aseptisé prévisible. Pour sa tranquillité. Sa vastitude. Sa luminosité. Tu traverses la réception et empruntes un large couloir extérieur en pierre, empiété de plantes grimpantes. Il apparaît. Le Tout Beau. À gauche, un salon-salle à manger confortable, avec plancher et luminaires intimistes. Un bar en bois sculpté et des hommes accoudés. Devant toi, la terrasse carrelée en forme de U et la piscine, surplombant une plage privée de sable fin et Goma.

Je me suis installée à la table près des marches, vers le bassin d'eau, pour n'incommoder personne avec mes cigarettes. Un Blanc aux traits burinés fumait, appuyé sur la petite rambarde de l'escalier. On s'est salués de la tête. J'ai sorti mes clopes, le type s'est avancé avec un briquet.

— Regardez.

D'un geste, il a désigné Manzi en train de faire des pompes près des vestiaires hommes. La précision du mouvement était remarquable. Tu voyais le détail musculaire sous le débardeur de sport trempé. Manzi descendait au ras du sol, paumes à plat placées sous le plexus. Il ramenait un genou puis l'autre à l'épaule, étendait la jambe et ainsi de suite. Au-dessus de nous, à l'étage, sur le balcon du restaurant, des serveurs observaient aussi.

— C'est beau, ai-je dit à mon camarade fumeur, en aspirant une bouffée de tabac. (Lawurensiya, je te jure, si la réincarnation existe je veux revenir en T-shirt masculin.)

On s'est souri, le Blanc m'a souhaité une belle journée et a écrasé son mégot dans le cendrier.

— Bonjour, Erika. Ça fait longueur !

Jocelyn. Un des plus anciens serveurs, relativement âgé, apprécié des habitués. De taille moyenne, baraqué, traits épais et bouc grisonnant soigné. Un Congolais parlant parfaitement le kinya.

— C'est Karatéka. Tu le connais ?

— Oui, j'ai rendez-vous avec lui. Il me donne un lift pour Kigali.

On a papoté comme à chacun de mes passages. Sa première question a été pour Maman et toi. L'Agatha m'a de nouveau assaillie. Et tes enfants ? questionnai-je. La famille ?

Manzi est arrivé. Énergique, en jean et tongs, une paire de baskets de sport à la main. Il sentait bon le produit de douche. Il a tapé dans le dos de Jocelyn en riant et, à ma stupéfaction, balancé un *Mabere ya nyoko, c'est comment ?*

— Ça va, Karatéka. Ça va. Merci. On est là. Et toi ? Je vous apporte quoi ?

On a passé notre commande. J'ai allumé une cigarette et demandé à Manzi pourquoi il insultait Jocelyn.

— Toi, d'abord. Pourquoi fumes-tu, là, à 7 heures du matin ?

— Ça m'aide à respirer.

— Dans ce cas… Il a glissé la visière de sa casquette sur la nuque en rigolant.

Jocelyn revenait avec café et thé, des œufs, du beurre et du pain. Manzi m'a fixée, noisettes dorées scintillantes. Une intuition m'a oppressée.

— Jocelyn, Erika wacu pense que tu es son frère *congoman*.

Jamais je n'avais vu Jocelyn dans un tel état ! Il est devenu gris. À ma stupeur, il s'est emparé d'une des serviettes en tissu, assorties à la nappe couleur beige. Il s'est épongé le front. Jocelyn transpirait abondamment sous son uniforme de service nickel, une chemise en pagne bien coupée sur un pantalon noir. Il a disposé le petit déjeuner, centré sur son travail.

— Erika a grandi chez Papa Mobutu, a repris Manzi, imperturbable. Mais nous ? Hein Jocelyn ? On se connaît, hein ? On était là ensemble, hein ? *Sibyo se*[1] *mabere ya nyoko ?*

— Oui…

Les pupilles mordorées de Manzi étincelaient. Son téléphone a sonné. Jocelyn et moi étions hypnotisés par son regard. Manzi a souri, les yeux chauds glaçants. Il a décroché et s'est éloigné dans le jardin. J'ai allumé une cigarette et bu mon thé. Manzi s'est rassis. Il petit-déjeunait avec appétit et a parlé de sa Grand-Tante paternelle. Elle avait quatre-vingt-sept ans et vivait avec une de ses amies d'enfance. Une Hutue, dont le mari tutsi et les enfants ont été massacrés en sa présence.

— Tu verras, c'est une fameuse paire !

— J'apporte quoi aux mamans ?

— Des bières !

— Des bières ?

— Sous prétexte d'honorer la visiteuse, elles profiteront de l'aubaine pour les descendre sur-le-champ. Avec moi, le neveu, elles minaudent. Diffèrent la dégustation biblique !

J'ai ri. Elles m'étaient sympas, les mamies ! J'ai rallumé une clope. Manzi m'a prévenue. Des militaires nous escorteraient. Pour intimider le voisinage, des familles d'*Interahamwe* incarcérés. À chacune de ses visites, convaincus que Manzi lestait du cash, des *mabere ya nyoko* détérioraient un bien appartenant aux vieilles. Une clôture. Une récolte de céréales mise à sécher dans leur petit enclos. Dix jours plus tôt, un cap a été franchi. *On* a sectionné les jarrets de leur

1. « N'est-ce pas ? »

unique vache, source de lait. La Grand-Tante a kilométré des heures jusqu'à la paroisse Saint-François de Gisenyi. Fait appeler Manzi devant elle. *Ils ont tué la vache*. Ça a été sa seule phrase. Elle a raccroché. Elle est remontée chez elles à travers champs.

Manzi s'est interrompu.

— Erika, tu dois manger ! Y en a pour plus d'une heure de bagnole. Puis une marche dans les collines.

— J'ai plus faim. Réponds-moi pour Jocelyn. Combien ? Il a pris combien ?

— Dix-sept ans.

— Quoi ! Dix-sept ans ! Il a participé aux *ibitero*, les attaques en masse ?

— Dix-sept ans, Nesquik, tu es carrément meneur de groupe ! Tu connais la zizique... Réduction de peine contre reconnaissance des faits. Il a bien cafté ! Son joker a été l'unanimité des rescapés sur l'absence de viols. Il a abusé de cette carte et aligné les noms des violeurs. À commencer par les siens ! Son père, ses frères et demi-frères, son propre fils et ses neveux.

— Jocelyn... Ça me bouleverse... À un point... Il m'a fait gober être congolais de Goma, harassé par la corruption et l'insécurité du pays. Manzi, des heures j'ai passées avec Jocelyn... Avec sa femme, aussi... Dans sa boutique au marché. À causer autour d'un thé. À chouchouter Trésor, le cadet.

— C'est un chien ! Aux procès *gacaca*[1], Jocelyn a scandalisé l'assistance. Dis ! Balancer ta famille ! La consigne politique portait sur le résultat, l'éradication

1. Juridictions traditionnelles au Rwanda.

des Tutsis. Pas sur la manière. Nesquik, Jocelyn je l'apprécie pour cela. Il nous a dépucelés.

Là-dessus, Manzi l'a sifflé.

— *Mabere ya nyoko !* Avec le reste, fais des sandwichs take away et amène la facture.

En partant, comme d'habitude, je suis passée par le bar. Échanger des politesses avec l'équipe. Saluer Jocelyn d'une poignée de main, un billet plié en creux. Il s'était ressaisi et m'a emboîté le pas jusqu'à la réception. Avec force bénédictions pour Maman et toi.

L'Agatha m'a de nouveau assaillie…

Dans le parking, Manzi, nerveux, s'agaçait. *Allez ! Erika !* J'ai couru. À l'arrière du pick-up, cinq soldats armés et le jeune convoyeur. Ils n'ont pas répondu à mon bonjour, *mwaramutse neza*.

Et puis, Lawurensiya. Il y a eu le lac Kivu. Cent quatre-vingts degrés plein la vue du Tout Beau. De collines, de cultures. D'enfants espiègles.

En quittant Gisenyi, des automobilistes ou des piétons ont hélé Manzi. *Karatéka ! Comment ?*

— *Karatéka*, ça vient d'où ?

— Du karaté. Je suis instructeur. Les mardis et vendredis de 18 à 20 heures au stade Amahoro. Tu es la bienvenue. Tu fais du sport, toi ?

— Quelle idée ! Sortir volontairement de chez moi pour suer et puer ? Non, merci.

Il a ri. Il était sociable. Fluide. Rafraîchissant. Il a demandé si j'ai fait des études.

— Histoire de l'art ? C'est quoi ?

Il a écouté avec attention, l'œil sur les militaires dans le rétroviseur.

— Si je comprends bien, ton daron a financé quatre années d'université en Europe pour feuilleter des albums illustrés ?

Il s'est retenu de rire. Plus je développais, plus il était incrédule. Alors, mon stage muséal d'un an en Italie, il s'est bidonné.

— C'est de l'exploitation parentale !

Il a récapitulé. Cinq années de minerval et les frais adjacents pour palabrer sur des images ? Il a posé une foultitude de questions. Lo, il était mort de rire ! *Et ta sœur ? Ah ! Médecine ! Gynécologue !* Il m'a un peu piquée dèh. Genre, j'étais la cadette, à laquelle on avait passé les caprices.

— Et toi, Manzi ?

— Les maths. À Kinshasa.

— Les maths ?

— Ouais ! Pour le bonheur d'un langage universel muet, qui ne produit ni connaissance, ni sens, ni valeurs. Un régal d'inhumanité pour remblayer le vide de 94 !

J'ai déballé mes sandwichs. Concentrée sur les cahots de la piste. Sur la dispersion de la population, augmentant par contraste la densité du lac. Bientôt, il faudrait tracer à pied.

Était-ce l'effet post-Jocelyn ? L'évocation d'*avant* ? Manzi s'est laissé aller.

— J'avais une moyenne de seize sur vingt. Je ne faisais qu'étudier ou du sport. Quoi d'autre ? J'étais seul, je craignais de sombrer, je végétais en dispensant des leçons particulières. Je sous-louais un taudis sur le campus. Pour tout arranger, j'ai engrossé une idiote mais au cul faramineux ! Des jumeaux *yebabawe* ! Des garçons. L'idiote voulait la reconnaissance des enfants. Imagine-toi ! Deux mois après les naissances, des flics se sont garés devant l'université. Ils escortaient l'oncle de l'idiote. Un gradé de l'armée. Il m'a convoqué, là, sur l'aire de stationnement. À la congolaise. En vociférant. Prenant à témoin un attroupement d'étudiants. *Petit Rwandais, moi aussi je suis un homme. La famille ne te reproche pas les affaires avec notre fille. On ne veut pas l'argent que tu n'as pas. On ne te veut pas. Les Tutsis, vous êtes des chiens. Même les vôtres vous haïssent. En tout cas, les bébés ne peuvent pas porter notre nom. C'est un déshonneur. Donc, demain tu vas à l'administration. Ou on règle ça autrement.*

— Et ?

— Ma chère, le lendemain *petit Rwandais* était à l'état civil.

On a ri.

— Bah ! Le temps a passé. Ce sont de chouettes gars. Je suis content. Ils étudient à Kampala.

On arrivait. Le ciel était couvert.

Manzi et les militaires se sont accordés en swahili. Un soldat est resté avec nous, il fermait la marche. Les autres se sont éclipsés. Le jeune convoyeur a juché un casier de Primus sur sa tête. Dix minutes plus tard, je transpirais ! Peut-être, suite aux confidences de Manzi ? À mon cœur bringuebalant à cause de Kigufi ? À un sentiment irrémédiable de perte générale ? J'en sais rien. J'ai causé des Tantines. De ma Gaudé. De nos promenades sur les collines et dans les champs. Comment elle me tapait sur les fesses, ma *boutique d'huile de palme zaïroise* ! Je m'étouffais en riant, j'ai attrapé le bras de Manzi pour me tenir. Il était leste. Aucunement affecté par l'altitude et l'effort. J'ai dû m'arrêter pour souffler. Manzi a voulu une description de Tante Gaudence. *Je la vois d'ici*, s'est-il esclaffé. *Longiligne, noueuse et super costaude.* Je lui ai raconté. Les Tatas et les cousins. Surtout Tata Gaudence. Ma Gaudé, mon poumon droit, quarante pour cent de mon foie.

La pluie est tombée. Nous nous sommes abrités sous un énorme rocher devant un Tout Beau majestueux. La quiétude du lieu, Lawurensiya. L'odeur des plantations imbibées, des herbes et du vent. Le lac Kivu avait comme la chair de poule et sa couleur alternait dans des tons de vert bouteille et bleu.

— Nesquik, ta question à propos de mon pseudo, *Karatéka*.

— Ouais.

— Viens aux entraînements qui précèdent le karaté. Attends ! Laisse-moi finir, s'il te plaît. C'est ouvert à tous et ça dure une heure trente. C'est un mélange d'endurance, de renforcement musculaire et d'exercices de respiration.

— Félicitations, Manzi.

Les sportifs prosélytes. Pénibles.

— Erika, je veux pas te gaver. Après dix minutes de marche, tu es en nage et tu suffoques. Tu ne sais pas respirer.

— Je suis grosse et fumeuse.

Manzi n'a pas du tout ri.

— Tu n'es pas grosse. Tu as de l'embonpoint et un cul préférable à tous les diplômes des histoires d'art.

— Histoire de l'art !

— Erika, tu étouffes à cause des *mabere ya nyoko*. C'est tout.

Je me suis tue. Mon menton et mes lèvres tremblotaient. Nous étions accroupis sur le sol. La pluie s'est arrêtée. Manzi s'est levé et m'a donné la main pour me redresser.

— Nesquik, contrôler sa respiration c'est contrôler ses émotions. Nous faisons une excursion magnifique mais tu es incapable de savourer la nature autour de toi. Sauf par intermittence. Quel paradoxe, n'est-ce pas ? Tu décris tes enchantements avec tes Tatas, ils sont là, devant toi, tu ne peux pas t'en réjouir, tellement tu luttes pour ne pas craquer.

J'ai voulu quitter la grotte. Manzi m'a attirée à lui. Ému.

— Te souviens-tu de mon témoignage à votre *mukubite umwice* – votre église, comme vous dites ? Ma fuite vers le Zaïre en mars 93 ?

— Oui, Manzi, bien sûr.

— Erika, mes sœurs. Si dans leur vie elles avaient fait cinq minutes de sport, elles auraient pu se hisser par la lucarne. Il y avait des sortes de crampons aux murs. J'étais sur le toit. Malgré leur corpulence, j'aurais pu les soulever.

Il m'a secouée par les épaules. Ses yeux mordorés dilatés.

— Pour qui te prends-tu, toi ! Que fais-tu pour te préserver de leur haine ?

Il m'a repoussée sèchement.

— *Dukomeze !* Continuons !

Kigali, mercredi 15 août 2018

Ma Lawurensiya,

J'ai d'abord vu les militaires. Ensuite, les paysans. Partout ! Un étrange silence. Opaque. *Karibu Manzi !* ont crié les cultivateurs, imités par une marmaille édentée et coquine.

Servile, un paysan s'est précipité sur Manzi. L'assistance a reculé.

— Manzi, je te jure, je suis innocent pour la vache ! J'ai remboursé ma dette de génocide, je suis revenu il y a un mois.

— Dégage ou je te pile dans un mortier.

Les femmes ont cavalé en braillant *ayiweeeee !* suivies du troupeau d'hommes et de gosses. Manzi a frayé droit devant lui. Puis, au loin, nous avons entendu des rires et des exclamations. Du haut de la colline, la Grand-Tante et sa copine ont agité leurs bâtons. Elles riaient comme des petites filles. Lo, je sais pas te dire. Elles dégageaient une bonne humeur contagieuse. Elles ont serré fort Manzi. *Mwana wanjye*, mon enfant, *mwana wanjye*, répétaient-elles. Et de le palper, de l'étreindre. Un coup de foudre, entre les vieilles et moi ! La Grand-Tante était appelée Mama

Yohani et la copine, Mama Espérance, du prénom de leurs aînés. Elles m'ont accueillie avec tendresse. Je les ai saluées avec les formules les plus aimables et polies. *Yohani*, déclarai-je, *c'était le prénom de mon père.*

— Dokiteri Yohani ! a renchéri Manzi.

— Ma' Espérance, s'est enthousiasmée la Grand-Tante, je savais que mon fils était un grand blanc !

Lo, comment te rendre la scène ? Elles étaient si drôles, à se chamailler, à nous taquiner et à se moquer de leurs fautes de français. Leur logement était composé d'un modeste enclos, entourant deux pièces en terre battue, d'environ trois mètres carrés chacune. Un salon. Nu. Éclairé par une petite fenêtre. Dans la chambre, deux lits individuels, matelas perchés sur des espèces de tréteaux. Dessus, des oreillers défoncés et de fines couvertures anthracite pliées et superposées. Entre les sommiers, leur garde-robe, une grande malle métallique bosselée. À l'arrière de la maison, il y avait une courette, bien aménagée. À l'ombre, une large balancelle de jardin en fer forgé, un évier en pierre avec un espace de rangement dessous et un barbecue protégés par un auvent. À l'écart, une hutte pour les besoins, la toilette et les ablutions. L'œuvre de Manzi, avec certitude.

Les mamies ont ouvert la porte d'entrée et déroulé deux nattes sur le sol du salon. Elles se sont assises côte à côte sous la microfenêtre. J'étais face à elles. Manzi, entre nous, adossé contre le mur du milieu.

Le convoyeur a toqué au bas de la porte.

— La visiteuse a apporté un verre.

— Entre ! a lancé Mama Yohani sans se pencher pour le regarder.

Le jeune a déposé le casier de bières près d'elles. Lo, la joie !

— Honorons la fille de Dokiteri Yohani !

Un décapsuleur est apparu. Manzi et moi nous sommes souri. La Grand-Tante a intercepté l'échange de regards.

— Mon enfant, installe-toi près de ma fille au lieu de lui faire des sourires stupides !

— Je ne veux pas l'effrayer !

— Allez, vas-y ! Une Kigaloise qui t'accompagne chez tes vieilles au fin fond du pays, soit elle t'aime, soit elle est en manque des siens.

Il y a eu un silence.

Manzi a obtempéré. Il s'est posé contre moi. En lotus. Nous, les femmes, nous avons étendu nos jambes.

Nous avons partagé des bières et bavardé. Je les écoutais.

— Et la vache ? s'est finalement enquis Manzi auprès de sa Grand-Tante.

— C'est un des génocidaires libérés. Par vengeance. Les voisins nous ont reproché nos dépositions aux procès *gacaca*. D'être acariâtres. Selon eux, un accord à l'amiable était négociable. Ils ont reconnu le préjudice occasionné en tuant les nôtres. *Mais les enfoncer avec des détails cruels, nous les ont-ils ramenés ?* Non. Tandis qu'eux, s'ils étaient restés sur la colline, ils auraient pu soulager notre vieillesse des travaux lourds.

Dans son entrejambe, les mains de Manzi ont frémi. J'étais horrifiée. Mama Espérance l'a relayée.

— Pardon, Manzi, pour l'inquiétude. La vache machettée a réactivé la peur d'*avant*. Tes soldats ont fouillé très tôt le matin les habitations. Alors, nous avons réalisé combien nos voisins sont pitoyables. Ils ont juré aux militaires, sur *Imana*, Dieu, qu'ils veilleraient sur nous. Ils ont déclaré ignorer nos relations avec l'armée de Muzehe wacu.

Elles ont soupiré.

— En tout cas, a poursuivi Mama Yohani, avec la venue des soldats, ils nous croient capables de les jeter en prison à notre guise.

J'ai décapsulé des bouteilles pour les mamies.

Il y a eu un silence. Un long silence, tu sais, Lawurensiya.

## Kigali, dimanche 19 août 2018

Lo, je rajoute quelques lignes à ma lettre sur la visite aux mamies.

Mama Espérance s'était adressée à moi avec douceur.

— Erika, as-tu des enfants ?

— Non, Mamie.

Les deux vieilles se sont penchées vers moi. Perplexes ! Synchrones, elles ont replié les jambes sous elles. Elles se ressemblaient. Des petites maigres émaciées aux yeux globuleux et cerclés de rouge. D'innombrables rides autour de la bouche, comme une accumulation de parenthèses.

— Un tel degré de paresse… C'est quel mot en français ? a demandé Mama Espérance.

— Wanjye, tu n'as rien compris, l'a interrompue la Grand-Tante. Ce n'est pas de la paresse. C'est de la clairvoyance. Toi là, combien d'enfants as-tu mis au monde ?

— Quatre.

— Il t'en reste ?

— Zéro !

Elles ont ri comme des collégiennes, se tapant dans la main.

— Wanjye, a ajouté Ma' Espérance, toi-même, combien d'enfants as-tu donnés à la vie ?

— Sept.

— Il t'en reste ?

— Trois.

— Tu vois ! La fille de Yohani est fainéante.

— Non, Wanjye. Pardon, hein, les enfants… Je n'étais pas courageuse. (Elle a cligné les paupières.) C'était la gourmandise avec mon mari.

Nous avons éclaté de rire.

Puis, le silence.

— Erika n'est pas paresseuse, a-t-elle conclu. Pas du tout du tout. C'est de la lucidité ! Ma' Espé, ensemble nous avions onze petits. Les trois rescapés ne viennent jamais.

La Grand-Tante s'est inclinée vers moi.

Une larme, une seule Lawurensiya, a coulé.

— Ma fille, quels fils respectueux se présenteraient devant leur mère après l'avoir vue battue et violée par sa colline ?

Kigali, vendredi 31 août 2018

Lo, tu vois, de retour à Kigali, je vous ai écoutés, toi et Manzi…

Mardi, 17 h 55 devant l'entrée principale du stade Amahoro. Manzi était là. Casquette sur le crâne, en pantalon de jogging et débardeur gris. Il tenait un chronomètre, une lanière de sac à dos et sautillait sur place en boxant un adversaire imaginaire. Il m'a souri. Nous avons rejoint un groupe d'au moins trente à quarante personnes. Il m'a présentée.

— Erika !

Il y a eu des tas de *Karibu ! Welcome ! Salut !* des sourires et des tapes dans les mains. Quelqu'un m'a indiqué le banc où laisser mes petites affaires, un sweat-shirt et une bouteille d'eau. Manzi a sifflé à la *mayibobo*, doigts entre les lèvres. Un bref silence.

— Échauffement commun d'une heure, ensuite pause de dix minutes. Puis le groupe karaté viendra avec moi. Un instructeur prendra en charge pendant trente minutes l'équipe extérieure pour les exercices de respiration et d'étirements. *Sawa ?*

— *Sawa ! Yego !*

Lawurensiya, je te jure. La crise cardiaque. Je l'ai frôlée. Là, à Remera. Dans un de mes quartiers favoris. À l'heure sublime de l'apéro. Dans la joyeuse agitation de fin de journée. Des véhicules, des motards fougueux, des boutiques pleines et des bars accueillants. Les rires étouffés dans la rue. Les gens élégants, en tenue neutre ou fashion pagne, qui se congratulent ou font un brin de causette, portables en main. Chaleur douce, soleil en partance. Les militaires en position, la police pour désengorger les embouteillages, l'allumage de l'éclairage public. Les boqueteaux verts séparant les avenues et les parterres près des trottoirs, avec leurs fleurs nocturnes embaumant l'atmosphère. Et moi. Ta sœur. Joues sanguines. Poumons éjectés de la cage thoracique, accrochés à mes lobes d'oreilles. Peau qui gratte, gratte. *C'est le réveil lymphatique*, m'a effrayée une camarade d'infortune. Vers 20 h 15, à la fin de l'entraînement, la plupart d'entre nous sommes restés discuter avec Manzi et des instructeurs. On m'a fait promettre de revenir le vendredi. J'ai promis… Je suis revenue.

J'ai rencontré Gaspard, ceinture noire et entraîneur à Amahoro.

Je n'ai pas fait le lien avec le Gaspard de Vincent.

Enfin. Pas tout de suite.

Kigali, dimanche 16 septembre 2018

Lawurensiya,

Le temps s'est égrené. À reculons, sans Vincent. Vincent.

Sans James non plus, en Belgique. Avec les *bavandimwe*, le week-end à L'Église. Ou bien avec Manzi,

Dans le Septentrion,

Devant le Tout Beau,

À zigzaguer entre les champs. Les enfants en haillons. Leurs menottes sales si confiantes faufilées dans nos mains. La douceur du vent. La chaîne des volcans à l'horizon. Jouer à les identifier avec notre escorte espiègle. Les fragrances, Lo… Du lac. Des cultures. Patates, thé, carottes, légumes variés. Des pyrèthres insecticides, fleurs à corolles blanches ou roses et au pistil jaune vif.

Les mamies. Les serrer fort. S'asseoir sur la natte. Entre elles, sous la fenêtre. Collées-collées. Corps à corps pour aviver nos vies. Être là. Ensemble,

Rire !

Repartir à travers les collines vers midi.

Être éblouie,

Par le Tout Beau bleu, vert retentissant de soleil,

Par les yeux mordorés de Manzi au zénith.

Dire oui, merci,

Pour une bière dans sa tanière à une heure africaine de marche d'ici.

Accepter sa casquette sur la tête, détacher mon volumineux chignon.

M'incliner vers lui pour enrouler les longues mèches sur la nuque transpirante,

Sentir, ses doigts pousser les cheveux sous le tissu et frissonner.

M'infiltrer dans les pupilles joyaux de Manzi.

Rejeter une halte ! *J'fais du sport, moi, Manzi !* Il a souri,

Racines de son crépu tondu à peine mouillées.

Le laisser me précéder sur le chemin… Glorifier,

Euclide d'Alexandrie. Sa géométrie du triangle équilatéral,

La perfection des symétries axiales du grand dorsal,

Bercé, par un lent déhanché des lombaires entrelacées dans l'angle isocèle pointu,

Dardant Cupidon sur… Un fessier, intuition de la sphère, en relief dans un jean étroit.

Lawurensiya, Manzi, c'est un atlas du masculin,

Une envie d'aller simple pour étudier les vibrations sismiques de l'Univers,

Une géologie où les dérives peuvent aggraver la tectonique des plaques ou,

Peut-être, une planche de salut pour rester en vie, en vue du Tout Beau…

Il s'est retourné.

— Nesquik, regarde, l'anse est en bas, derrière les plantations de thé.

Je l'ai pris par le bras. Il a ralenti.

Il avait chaud, il était chaud.

J'aime ça, Lo. La sensualité des corps sous le baston du soleil.

Nous sommes descendus. J'ai aperçu la crique et deviné son repaire,

L'absolu Tout Beau lumineux entre ciel serein et ma terre.

Et soudain, Lawurensiya, j'ai été tellement heureuse !

L'antre dépouillé de Manzi,

Une construction en bois, au sol cimenté et toit de tuiles, aménagée dans une anfractuosité rocheuse sur la plage. Un vieux canapé. Une table basse. Dans un coin, deux congélateurs bahut, des casiers remplis superposés et des chaises en plastique jaune canari empilées. À l'écart, sous un auvent en tôle bleu électrique, une maman et son commis s'affairaient devant un barbecue, pour frire l'unique repas. Des *sambaza*, fretins de la pêche de nuit, servis avec des citrons. Nous étions les seuls clients, les ouvriers déjà remontés sur les collines.

Nous avons bavardé. Avachis sur le sofa. Contemplant le lac Kivu, les pêcheurs devant nous en train de bricoler leurs embarcations, le barbotage des petits près des lavandières. Écoutant les chants, l'écho…

Manzi m'a assurée d'une différence notable de ma condition physique depuis notre première visite à la Grand-Tante, cinq semaines plus tôt. Nous buvions de grandes Primus fraîches.

Il a pressé des citrons verts sur la platée de poissons. J'ai amené, l'air de rien, la discussion sur Gaspard, un des karatékas.

— C'est le meilleur instructeur, je trouve, mais je me sens mal à l'aise avec lui. Il fait quoi dans la vie ?

Manzi a levé les yeux sur moi. Froncé légèrement les sourcils. Vigilant.

— Ah bon ? C'est un gars bien, tu sais. Il est coach sportif dans des salles de fitness, des hôtels ou pour des privés. C'est un rigoureux, ça marche pour lui. Il a aussi un bistrot assez connu à Muhima, près de l'hôpital. Tu connais ? Le nom c'est #G@spard. Il m'a invité plusieurs fois, je dois vraiment y passer. Erika, je suis surpris. Il te met mal à l'aise ? C'est vrai, il te sollicite sans cesse, Erika par-ci, Erika par-là… Vous ne fricotez pas ensemble vous deux, par hasard ?

Je me suis récriée.

— Quoi ! Il est marié ! Avec un gosse !

Manzi a rigolé.

— Bébé Nesquik, c'est comment ? Quel rapport entre l'usufruit conjugal et la faim ?

— Je veux dire, il me cherche, mais pas comme femme. Enfin, je ne crois pas.

— Pour parler des musées italiens ?

Il s'est marré et a saisi l'opportunité.

— Tu manigances avec qui d'ailleurs ?

— Toi d'abord !

Il a sifflé le *mabere ya nyoko* pour des bières et des serviettes. Répondu, abrupt.

— Ça dépend. Mon créneau, c'est les épouses. Elles font pas chier. Elles sont en manque et en colère, une énergie utile pour la baise ! Conversation néant vu que leur centre de gravité c'est un tocard pansu et friqué. C'est très confortable. Ou alors, je pratique des putes. C'est pareil. Les deux sont achetées, mais une ne l'admet pas.

Lo, j'ai été sidérée par ses propos. *Un type correct et sans cœur*, selon James. Un misogyne, ouais. Fanatique de sa mère, sûr et certain. Cette pensée m'a amusée. J'ai frimé. Désinvolte.

— Vantard, va ! La beauté avec toi, un matin, au Magda Café ?

Il décapsulait des Primus avec sa clé de contact.

— Vénantia ? Son regard charognard sur toi ! T'avais remarqué ?

— Ah ça…

— Vénantia, c'est la didactique de la putain. Une de mes régulières. Erika, son attrait irrésistible ? Être ma voisine. Service à domicile et elle se douche chez elle. Elle est pharmacienne, mariée depuis huit ans à un entrepreneur aisé. Ils ont deux enfants.

Je l'ai écouté en silence, consternée. Il s'est mis à rire. Il a avalé une gorgée et comprimé un renvoi.

— Elle est bête. *Umva !* Elle est mixte. Son père était un Hutu de Gicumbi, un brave commerçant, mort y a quoi, dix ans ? Vénantia a tu son sang hutu à son mari, un Tutsi. T'imagines le dispositif de dissimulation ? La complicité de la branche maternelle ?

— Sa famille paternelle a trempé ?

Il m'a décoché une étincelle noisette dorée. Choqué.

— Et ? Et même ? Je suppose. Certains membres, voire plus. J'en sais rien, je m'en contrefiche. Évidemment, cette salope est une bonne chrétienne, messes et tout le bazar. *Honore ton père et ta mère pour t'avoir donné la vie.* C'est pas un commandement biblique, ça ? La salope ! Ces gens, je te jure. Ils ont des familles et ils les profanent. Incroyable !

J'étais rassasiée, appétit coupé. J'ai repoussé le plat vers lui et chipé sa Primus. Il est redevenu nerveux.

— Nesquik, attends la meilleure. Un jour, après avoir sexé, elle a tenté de me gratter. Genre, tu as eu la chose, décaisse ! Vraie *mabere ya nyoko*, je te jure. *Vénantia*, demandai-je, *ton salaire, l'argent de ton mari et la fortune de feu ton père, c'est insuffisant ?*

J'ai allumé une clope.

— Erika, tu as raté. La terreur ! *Vénantia, c'est plutôt à toi de me payer, non ? De me dédommager ? De monnayer mon silence sur ta stratégie de recyclage de sang ?*

Il a raconté. Les implorations de la Vénantia, à genoux, éplorée. Ses justifications. *J'étais folle amoureuse de lui.* Jamais, plaidait-elle, il ne l'aurait épousée s'il avait su la vérité.

Plus Manzi m'expliquait la situation, plus il haussait le ton. *Nier son propre père ? Salope va !* Il était indigné. Le commis a apporté de quoi se laver les mains. Manzi a repris une Primus, une petite, et moi une cigarette.

— Erika, le comble. L'imbécile de mari, il est mixte aussi. Il est tellement fignolé féminin, tu peux pas détecter un ascendant hutu. L'affolement de Vénantia m'a fait douter. Pourquoi cette obsession ethnique de l'époux ? J'ai graissé la patte d'un des karatékas, un civil aux Renseignements généraux. Rien dit à Vénantia, bien sûr. Ça viendra. Il la cognera, tôt ou tard, obligé. Des vrais *mabere ya nyoko* ! Et toi ? a-t-il enchaîné sans transition.

— Finis ! Tes putes ?

Ma chère, je l'ai joué super-cool. J'étais atterrée.

— Quoi, les putes ? Ben, des femmes tarifées. Instruites, la preuve ! Assez cultivées, qui voyagent, rencontrent du peuple et ont, elles au moins, des trucs à raconter. Elles escortent dans leurs déplacements des politiques, des hommes d'affaires, des directeurs de société, tu vois un peu.

J'ai écrasé ma clope dans une capsule au sol. Je me suis tassée dans le divan. Il a délacé ses chaussures et s'est tourné vers moi.

— Ma chance, c'est d'avoir fait le plein d'amour pendant vingt et un ans. Jusque mars 93. Vingt et un ans, Erika, c'est pas négligeable dans la vie d'un individu. J'en ai plus besoin. Et toi ! C'est qui !

— Manzi, j'ai peu à déclarer tu sais. J'ai eu une aventure avec un gars ici, mais il a émigré.

Pour lui donner un os à ronger, j'ai parlé de Michaël. Manzi posait des questions. J'ai répondu sans détour, sans cacher mon émotion. J'ai dévié sur toi, Simon et les neveux. Manzi m'a interrompue, très étonné.

— Erika, vos maris… Ce sont des Blancs ? Ou des métis ?

— Hé oh ! Tu vas pas t'y mettre non plus hein ! Ce sont de chics types, de couleur blanche. Ça existe, tu sais ! Par millions !

Il n'a pas souri. Il m'a touché l'épaule.

— Je ne voulais pas être insultant. Excuse-moi, s'il te plaît.

Manzi a hoché doucement la tête.

— J'aime ta parole respectueuse sur ton mari. Sur ta sœur. Tu me montreras des photos d'elle et des enfants ? Là, faut bouger, pour éviter la route de nuit.

Il a remis ses baskets.

— Thomas, quel âge aurait-il aujourd'hui ? Cinquante ans ? Plus ?

*Thomas.*

J'ai été foudroyée.

Il s'est levé en époussetant son pantalon.

— Erika ?

Je me suis fait violence pour ne pas l'agresser.

— Comment connais-tu le prénom de mon frère ?

Mes jambes ont flageolé, j'ai dû me retenir au canapé.

— Erika… J'étais à Kinshasa… À la cathédrale Notre-Dame… Toute la communauté rwandaise a assisté aux funérailles. Il n'y avait plus de places à l'intérieur. J'étais sur le parvis.

Il était désemparé. Il s'est approché de moi. J'ai reculé.

*Quel âge aurait-il aujourd'hui ?*

La question me fracassait.

Thomas était mort hier.

Lo, c'était il y a vingt-cinq ans ?

Kigali, vendredi 28 septembre 2018

Lawurensiya, je t'aime tous les jours pour toujours.

Les semaines passaient. Sans Vincent. Interminables. Interchangeables.

Si ce n'est l'arrivée d'un Matt à la maison. Coco l'a hébergé pour *un petit dépannage*. L'Américain a logé quelques nuits dans la chambre d'amis. Puis dans la sienne. Maintenant, il habite chez nous. Voilà. James est de retour, en proie à une inextinguible révolte.

— Assumpta ! Quelle salope ! Elle n'a rien lâché. Pas un mot ! Fidèle à elle-même. Attentionnée. Aimante. La salope !

Désormais, James me récupérait les mardis au stade Amahoro pour dîner dans un troquet burundais, dans le quartier Kisimenti. C'est un ponctuel, James. Un soir, après le sport, j'avais traîné sous la douche, je me suis dépêchée de sortir des vestiaires. Je suis tombée sur Manzi et le Gaspard. (Celui-là, je te jure, je le sacquais de moins en moins avec son sourire de tombeur et ses *Erika*.) Ils rangeaient le tatami. Manzi m'a retenue, pour un renseignement.

— James est au portail. Ça peut attendre demain ? Au Magda ?

— J'ai fini. Je t'accompagne.

Il a pris mon sac. J'aime ce geste, ça me fait penser au frère.

— Dis-moi, Manzi ?

— Erika, si j'étais à ta merci, que ferais-tu de moi ?

J'ai étouffé un rire confus de la main. Déstabilisée !

— Et toi ?

— Réponds-moi d'abord.

On a atteint la voiture. Portière ouverte, James fumait et causait avec des sentinelles.

Je suis entrée *presto* dans le véhicule. Manzi a salué James et s'est penché vers moi.

— Erika ! N'oublie pas de me dire quoi, okay ?

— Ouais ! T'inquiète !

James a démarré et nous avons repris nos continuelles discussions. Sur Assumpta, Vincent, Vincent auquel je m'entêtais de ne pas répondre, les maîtresses de James, les *bavandimwe*, Manzi, le boulot, la vie quoi.

De retour à la maison, personne. Je me suis allongée sur le divan de la terrasse. Décontenancée. Égayée par la provocation de Manzi !

Le lendemain, au Magda, à mon arrivée pour une réunion, Manzi réglait déjà ses consommations au comptoir. Mon client était là, en avance. Je lui ai serré la main, ai laissé mon sac et rejoint Manzi. J'étais soudain intimidée. Je me suis sentie ridicule et moche dans ma jupe crayon et un chemisier crème classique. Et ce petit sourire idiot dont je n'arrivais pas à me départir ! Je lui ai fait un bisou et j'ai attaqué, direct.

— J'ai une réponse à ta question. Te ligoter. Ce matin, si tu veux. Après mon rendez-vous.

Il enfonçait de la monnaie dans une poche. Il m'a dévisagée, noisettes dorées indécises et amusées. Il a posé le coude sur le bar.

— Bébé Nesquik, c'est une plaisanterie ?

— Pas du tout. Ça pourrait être sympa, non ?

Il a renversé la tête en arrière et ri ! Ri ! Tout le Magda nous observait. Il m'a plaquée dos contre lui, dans l'angle formé avec le zinc. Collé ses lèvres contre une oreille.

— Pour toi, le seul registre c'est la domination ? Excuse-moi, Nesquik, c'est lamentable ! Trouve autre chose !

Il s'est barré en rigolant.

Lawurensiya, je te jure. L'adjectif m'a fait mal. *Lamentable.* Affreux !

Après une difficile heure de concentration auprès de mon client, j'ai appelé Zaninka. Elle était à la maison. J'ai acheté des croissants à Simba, le supermarché en face, et sauté sur un taxi-moto. Elle travaillait à la table de la salle à manger.

— Zaninka, j'ai honte !

Je lui ai raconté. Elle s'est retenue de rire.

— Pourquoi prends-tu ça contre toi ? Enfin un mec fantaisiste ! Eh bien, s'il veut jouer, jouons ! Bon, soi-disant pas de rapport de forces mais Nesquik doit revoir sa copie, hein !

— Je voulais l'attacher pour éprouver sa capacité d'abandon. Son insécurité.

On a envisagé des pistes. Aucune ne me plaisait. Trop conventionnelles. Putassières. Zaninka suggérait un strip-tease parsemé de surprises. *Mwouais.* On a repris la conversation le soir avec Coco. Peaufiné divers scénarios et bien ri, sans aboutir à un consensus.

Le lendemain, jeudi matin tôt, j'ai consulté Maman Colonel. Elle était au marché de Kimironko. Disponible pour un petit déjeuner pas loin, à The Women's Bakery.

Lo, j'aime nos rendez-vous discrets avec la Colonelle. Sa générosité. Sa rage. Son élégance. Drapée de boubous et turbans en bazin et pagne. Talons hauts. Un visage sculpté. Marqué de fines pattes-d'oie et d'une ride profonde entre les sourcils. Une femme très soignée. Visible. Elle veut l'être. Elle cherche à l'être. Sa revanche de rescapée. Violée. Esclave sexuelle. Seins mutilés[1]. Elle n'a pas dénoncé tous ses bourreaux. Par honte. Humiliation. L'un d'eux était son beau-frère. Aujourd'hui, un responsable public. Elle le voit à la télé. Elle l'entend à la radio.

Ce jeudi, une fois de plus, elle m'a émue à sa descente de taxi. Elle était vêtue de tons orange, ocre et bruns. Éclatante. Altière. Elle marchait avec lenteur. Percluse de douleurs, tues. Son coccyx jamais vraiment rétabli. La perte d'un rein. Les chirurgies du périnée. L'insuffisance veineuse. Fausse boulotte maintenue par d'épais sous-vêtements médicaux. Une gaine à taille haute. Des mi-bas de contention. Une orthèse lombaire. J'avais vu les lacérations du métal sur sa peau. Elle m'avait dévoilé son corps. Parce que, les Tatas.

1. « Seins coupés », expression rwandaise signifiant qu'une mère a perdu ses enfants.

On a commandé des *tangawizi*, des petits gâteaux, un cendrier et pris place dans la cour fleurie. J'ai allumé une clope, soutenu le regard contrarié d'un type, et raconté à la Colonelle. Elle s'est moquée de moi ! *Encorder Manzi ? C'est une blague ! Tu t'y prendrais comment ?* Maman Colonel s'est calée dans son fauteuil et a jeté un œil approbateur aux alentours. Elle aimait le concept du lieu. Du fait-maison par des Rwandaises de la ruralité, des matériaux et des produits locaux. La sérénité de cet endroit. Les salutations déférentes du personnel.

— Eh bien, Wanjye, il commence à me plaire Karatéka ! Son profil de chasse ?

— Des femmes mariées et des putes. La même catégorie, selon lui.

La Colonelle s'est pliée en deux de rire ! *Pas faux, Wanjye !*

Je lui ai colporté les idées de mes chéries. En précisant à la Colonelle ne leur avoir parlé ni de Vénantia ni des putains comme nous, veuve joyeuse ou séparée non divorcée.

— Erika, dis-moi ton fantasme à toi, là, maintenant. Tu le connais. Ose !

— Je voulais le déboussoler. Tu as raison ! Manzi a une grande sécurité physique. Son corps l'a toujours sauvé et il sait canaliser son mental. Colonelle, je sais pas comment te dire. Faut aller dans la surenchère virile. Carrément sexuelle ! Sur son terrain. Tu crois pas, Mama ? Nos hommes, ce sont des guerriers, façonnés par une tradition stoïque. Le phallus ou l'utérus !

La Colonelle était en train d'humecter un cake dans son thé. Elle l'a porté aux lèvres et s'est léché les doigts avec ravissement. Je suivais ses gestes. Nos yeux se sont flashés…

— Non, Mama ! Je n'oserai pas !

— Si, Erika ! Reste plus qu'à le formuler. Réfléchissons ! Faut trancher dans les quarante-huit heures. Sinon, il va te faire tourner en bourrique, tu verras.

— *Kabisa*, pourquoi me gênerais-je ? Manzi est beau, à mon goût du moins, intelligent et drôle. Il me distraira de Vincent et s'occupera de ma maintenance hormonale.

On a discuté, évalué et spéculé. Décidé de dormir dessus et de faire le point à L'Église, demain après le sport. D'être tactique et de prendre un rendez-vous à mon salon de beauté.

Le lendemain, vendredi, après l'entraînement et la douche, j'ai rejoint Manzi, les karatékas et le groupe restant sur les bancs dehors. Ils allaient manger des brochettes dans le coin. Malgré les insistances, j'ai refusé, Gaspard me collerait, non merci. (Arrête, Lo, s'il te plaît, de me soupçonner de le désirer. C'est insupportable.) J'ai demandé à Manzi s'il passerait après à L'Église ?

— Peut-être, Nesquik.

À L'Église, Mzee Idelphonse était déjà parti, mécontent de ma lubie sportive, préjudiciable à ma disponibilité pour la famille. Côté soûlards, Maman Colonel avait fait encastrer une télé dans un mur, protégée d'un fin grillage, ça ne dérangeait personne. Les ivrognes regardaient un match de foot. Ils vociféraient des conseils aux incapables sur l'écran et se chamaillaient. Côté cour, Tonton Damas et James tapaient bières et divers. La Colonelle a servi des brochettes.

Je fumais une cigarette quand Manzi a sonné. *Un type correct et sans cœur*, selon James.

— Erika, juste pour te prévenir que les copains sont en forme, la soirée va être longue, je ne passerai pas.

— Manzi, je peux être indiscrète ?

Il y a eu quelques secondes de silence.

— Ouais… Vas-y…

— Les fellations, c'est eux qui te les feront ou bien c'est moi ?

— J'arrive.

## Kigali, samedi 13 octobre 2018

Un trimestre plus tard.

Vincent me manque. Vincent.

Lawurensiya, je t'aime tous les jours pour toujours.

Occuper le temps à occuper le vide.

Avec Manzi, il suffisait d'habiter l'instant.

De baiser. De déployer sa puissance phallique. Émasculée,

Par son impuissance à sauver les siens.

Ça m'agrée. D'insuffler la vie par le sexe à nos corps caveaux, pour nous réhabiliter sujet,

Et nous incarner dans nos chairs. Fouler les parasites du devoir-être,

Les discours névrosés arraisonnés au pardon.

Pour ceux advenus au monde par nos mères domiciliées dans des cercueils,

C'est un apprentissage. Sensoriel,

Techniques respiratoires et conjugaisons au présent de l'indicatif.

Pratique du terroir et de ses fondamentaux,

Anesthésie des sentiments, évitement des émotions et,

Baise.

Manzi, tu vois, il t'emmerde pas, Lo. Tant que tu restes virile.

Je veux dire, cuisses vaillantes et sans permettre un accès à ta vie perso – qui ne l'intéresse pas d'ailleurs.

Travailler beaucoup, faire du sport, baiser, aimer nos amis et proches *second hand*.

Taper des bières, baiser, moi fumer des clopes et, baiser.

Écouter et baiser sur la rumba congolaise – le Cantique des cantiques.

Baiser, boire au lit du thé noir bouillant et du café et, baiser.

Se doucher, baiser, garder nos odeurs, rendre visite aux mamies,

Filer au Septentrion dès que possible, baiser. Flâner sans relâche dans les collines,

Explorer à pied la côte nord-ouest, baiser, rendre grâce au Tout Beau.

## Kigali, vendredi 19 octobre 2018

Les événements se sont précipités.

Lawurensiya,

James a fait un saut en Belgique pour la naissance de son fils.

Un métis.

*À force de nous prendre pour des connes*, a résumé la Colonelle.

Fin de semaine, le vendredi soir après le sport, l'affaire Gaspard.

Manzi, des instructeurs et une partie du groupe, nous sommes sortis au Pacha Club, à Kimironko. Un cabaret en plein air avec un orchestre congolais. On a débarqué à une quinzaine, la moitié balèze, et on a consommé la bière par casiers. Je papotais avec des copines au bar, quand Gaspard m'a enlacée de dos et pressée contre son flanc. Je l'ai repoussé avec brutalité. Il a chancelé et s'est rattrapé au comptoir, renversant des verres. Manzi a rappliqué. Il y a eu un frémissement d'inquiétude… Les deux karatékas se sont salués, épaule contre épaule. Manzi a fait rire la galerie puis il m'a attrapée, vénère.

— Erika, je t'ai vue ! Dépêche-toi de t'excuser !

— Non.

— Dépêche-toi ou je te gifle ! Tu vas pas foutre la merde. Excuse-toi, j'te dis.

Il m'a rabattue contre son torse. Ses muscles trop contractés et son ceinturon m'ont fait mal au ventre sous ma robe de tulle. J'ai croisé ses yeux, lames mordorées luisantes malgré l'éclairage estompé.

— Non.

— Dépêche-toi !

Le Gaspard a posé une main conciliante sur mon bras nu. Large, sensuelle... Je l'ai observée. Regardé Manzi. La main. J'ai eu une nausée. Manzi l'a ressentie. Il a imperceptiblement reculé. J'ai pensé à Vincent et ravalé un sanglot. Vincent. Tout ce gâchis. Manzi prêt à me frapper. J'ai eu peur. Je me suis dégagée de sa poigne pour me suspendre au cou puissant du Gaspard.

— Gaspard, pardonne-moi je t'en prie, j'ai pas fait exprès, je ne savais pas que c'était toi.

Le Gaspard dèh. Il m'a serrée contre lui. *M'enfin Erika, c'est rien, rien du tout !* Lawurensiya, la fraîcheur musquée de sa peau... J'ai eu envie de lui. J'ai éprouvé une sensation violente de connu. D'être à ma place. D'avoir mon empreinte déjà tracée sur son corps. J'ai eu un angoissant sentiment de bascule dans le vide.

Aux petites heures, retour chez Manzi. Je me suis lavée. Il a retiré ses lentilles.

— Nesquik, Gaspard te fait peur.

— Non, il m'écœure. C'est plus fort que moi. Je me sens injuste.

— Je vous surveille depuis des semaines. Il te quémande constamment. Sans déraper et toi, sans ambiguïté. Erika, tu as peur. Ou tu en as peur. Et ça, pour moi, c'est tout simplement exclu. Inenvisageable.

Il m'a tendu une serviette de bain. Lawurensiya, je te l'ai écrit. Nos hommes ne supportent pas notre peur. Je me suis assise sur le rebord du bain pendant sa douche. (Lawurensiya, mater Manzi, c'est pas du voyeurisme. C'est de l'esthétisme.)

— Erika, je dois trouver une solution. Tu as failli vomir de peur ! C'est ma faute. Ou tu me caches quelque chose ? Dis la vérité !

Il a élevé la voix et m'a aspergé le visage d'eau. J'ai pensé à mon désir brutal pour Gaspard, je me suis énervée.

— Je te cacherais quoi ? Oui, j'ai peur ! Je veux quelque chose mais tu n'accepteras pas !

J'ai fondu en larmes. Il s'est calmé. Rincé.

— Je ferai tout. C'est quoi ?

— Une investigation du mec des Renseignements généraux. Comme pour le mari de Vénantia.

Il est sorti de la baignoire en m'observant. Je lui ai rendu la serviette.

— T'es malade ou quoi ? J'aurai l'air d'un con, le type jaloux primaire.

J'ai recommencé à pleurer.

— Tu vois !

— Arrête de chialer ! Comment veux-tu que j'amène le truc ? Sur la base de quel élément ?

— La phrase de Gaspard. Le mardi où tu lui as présenté James.

— Quoi ?

— Gaspard s'est étonné de ne pas le connaître. Ils ont presque le même âge. *J'étais au front*, a rétorqué James.

— Et alors ?

J'ai crié.

— Gaspard a larmoyé un *nous avons vécu tellement de choses douloureuses*. Tu parles ! Il était pas ciblé ! Peinard chez lui depuis sa venue au monde !

On était dans le salon. Je suivais Manzi à la recherche de ses lunettes. Il m'a fait face.

— Erika, tu lui fabriques un procès d'intention !

On s'est affrontés du regard. J'aimais ses yeux après l'alcool. Les éclats vert bouteille dans ses noisettes dorées voilées. Il a ramassé ses binocles sur un accoudoir du canapé.

— Viens ! Couchons-nous !

Je l'ai repoussé.

— Alors ?

— Je mènerai moi-même l'enquête, je t'en donne ma parole ! Paye une avance tout de suite pour le service à venir !

Il était nerveux et m'a grimpé dessus. À peine entreprise, il s'est inquiété d'un *j'te fais pas mal ?*

— Redis-le et je te frappe !

Il a souri, marmonné en kinya et m'a propulsée dans l'ascenseur vers la Voie lactée. Et puis. *Tais-toi*, répétait-il. Tu connais ces choses-là, Lawurensiya. J'explorais, émerveillée, notre galaxie. J'ai dû m'extasier… Faire des vocalises copulatoires. Trop fort. Manzi m'a massacré la bouche d'une main féroce et hurlé *Ta gueule !* Il a roulé sur le côté et, à plat ventre, tête dans un coussin, cogné du poing le mur. J'étais sur le dos. Tétanisée. Il a remonté le drap d'un coup sec sur moi, j'ai sursauté.

— Erika, tes gémissements…

Je me taisais. Yeux rivés au plafond. Vincent non plus ne supportait pas ça. *Tu me déconcentres.*

— Je sors courir, j'ai trop les nerfs. Quelle soirée de merde ! Trois mois pour percuter ta panique, je suis pas foutu de te protéger, j'ai failli te gifler, j'ai aggravé ta peur, tu gémis dans mon oreille, moi aussi je suis dans mon trip, blindé de whisky, je veux te retourner, tu gémis, ça se télescope en agonie.

Il s'est frotté la figure. Dans ce mouvement d'aller-retour commun aux soûlards et aux myopes. Debout, il a fini d'une traite le reste d'une carafe d'eau sur la table de nuit et ouvert la commode en bois où sont rangés ses vêtements de sport. Il a enfilé un caleçon et un pantalon de jogging. Un débardeur. Il est allé dans la salle de bains. Je l'ai entendu se brosser les mains. Rituel des verres de contact. Ses mots m'ont rattrapée. *Je suis pas foutu de te protéger. Tu gémis, whisky, ça se télescope en agonie.* J'ai foncé dans le salon. Il était assis sur une chaise, en train d'enfiler des chaussettes. Il a haussé des sourcils étonnés. Je me suis accroupie en tenant ses genoux.

— Pars pas, Manzi. S'il te plaît. Les *mabere ya nyoko*, ils vont pas nous avoir comme ça, hein, Manzi ? Ne pars pas. Ou on bouge ensemble ? Je t'invite ! Un petit déjeuner au champagne au Marriott ? Un footing au lac Muhazi et moi je bouquine ?

Il s'est rejeté bien droit contre le dossier et a soulevé son débardeur pour s'essuyer le nez. Il a reniflé. Lawurensiya, ainsi pleurent nos hommes.

— Un Nesquik très chaud et très sucré au lit, je peux avoir ?

Kigali, samedi 27 octobre 2018

Voilà.

Lawurensiya,

Hier, j'ai téléphoné à Vincent. Il a décroché d'un tendre *salut, ça va ?* Il a amorcé la conversation à notre habitude. En décrivant à l'autre sa localisation. Son activité. Son habillement. Je n'ai pas embrayé.

— Vincent, pardon pour mon silence.

— Je ne t'en veux pas.

Un appel jusque tard la nuit. Soulagés. Volubiles.

Heureux.

Avec des interruptions. Une réunion pour lui, une animation pour moi. Un passage au salon de beauté, ça faisait un bail. Il a voulu choisir la couleur du vernis à ongles. Il est allé courir le long du Bosphore. J'ai cuisiné du poulet sauté aux légumes pour les filles et Matt. Il en a demandé le goût sur ma langue. Il est rentré à pied à son appart'hôtel, en passant devant la mosquée bleue. Certains vitraux, a-t-il affirmé, ont les nuances turquoise de mon sweat-shirt préféré. Lawurensiya, des paroles à fleur de peau.

Vincent.

Le lendemain, soleil pêchu. Après un petit déjeuner dominical sur la terrasse avec les filles et Matt, je me suis vautrée sur le canapé à l'extérieur. Il était près de 11 heures. Je me suis resservi un thé et j'ai appelé Vincent. Il sortait des vestiaires d'un club de fitness. J'ai attaqué. Sans coup de semonce. À la voix hachée.

— Tu m'as manqué grave, Vincent.

Il a allumé une cigarette. Quelque chose est tombé. Un briquet ? Des clés ?

— Jeudi, je serai à Dar es Salam pour décharger des conteneurs. Si les Tanzaniens font pas chier, je peux être à Kigali dès lundi prochain. Je ferai au plus vite. Je pourrai prendre maximum dix jours à cause du travail.

Il est allé déjeuner. Il a interdit que je raccroche.

— Tu ne m'as pas dit hier ? C'est quoi ta lecture en cours ?

Je me suis tue. C'est un patient, Vincent. Il reprenait un café.

— Rien… Aucune.

— Rien ? Tu ne lis rien ? C'était quoi le dernier livre ?

J'ai dû réfléchir. Je ne me souvenais pas.

Il n'en revenait pas ! Il s'est empêtré dans un mélange de kinya et de français. Lo, Vincent, il ne confond les langues que dans le love.

— Jamais, en huit ans, tu m'as dit ne rien lire !

Je n'ai pas osé l'entretenir de ma nouvelle exégèse, l'Évangile selon saint James,

Jouir pour ne pas mourir. Remédier à l'agonie par l'acte de vivre, baiser.

Après le déjeuner, il est parti au port d'Ambarli. Je suis retournée à mes gamberges sur la terrasse.

Lawurensiya, mes bouquins et les documentaires historiques de Vincent, ça comptait pour nous. On en discutait des heures, souvent en se promenant. Lui, quelque part en Turquie ou sur des débarcadères en Afrique. Moi, à Kigali ou à l'intérieur du pays. On s'interrompait. Pour une description d'un insolite. D'une vue. D'une senteur, d'une couleur. D'un oiseau. J'avais dit à Vincent m'être mise au sport. Je crois, pour me justifier de ne plus lire.

— Ah ! Bravo ! Quel genre ? Et comment as-tu atterri là ?

J'ai expliqué. Par un ami de Tonton Damas.

J'étais dans mes divagations quand James a klaxonné pour aller à L'Église. Il est mal mon Jaja. *Mon fils est métis*, répétait-il, hagard. *Je suis humilié à vie. Je ne signerai pas de désaveu de paternité !* Il se retenait d'injurier Assumpta devant Mzee Idelphonse. Le vieil instituteur a préconisé un procès *gacaca* de l'épouse indigne, en présence de James, de l'amant et de leurs proches. On a bien rigolé ! Le Mzee s'est enhardi :

— Je fais tout un fromage, moi, parce que le père de ma fille Erika est un Blanc ?

Tonton a battu un jeu de cartes. James a prévenu être le gagnant. Ça nous a rassérénés.

Kigali, dimanche 28 octobre 2018

Lawurensiya,

Mardi, au Magda Café, les antennes de Manzi ont capté direct un changement. Nous étions quelques habituées autour de la patronne, à feuilleter un catalogue de fringues. Il nous a saluées et je l'ai accompagné à sa table. Il était irrité. Beau ! Toi, tu n'aimerais pas. Trop mince et trop costaud dans un pantalon cargo New Yorker blanc et une chemise vert anis délicieusement cintrée. Il m'a complimentée avec ironie pour mon vernis et a désigné du menton les copines.

— Tu veux te faire faire des vêtements ?

— Ouais ! Des robes !

Il a bougonné un *Nesquik*, lèvres crispées, et annoncé un déplacement en Ouganda.

— Vendredi, j'emmène les karatékas rwandais à Kampala. Il y a une convention régionale, préparatoire au championnat d'Afrique des arts martiaux. Ils rentreront dimanche. Je prolongerai quatre, cinq jours pour voir les jumeaux.

Lawurensiya, parfois la vie… Il serait absent à l'arrivée de Vincent.

Le même soir, au stade, Manzi est arrivé seulement à la deuxième heure. Gaspard a assuré l'entraînement. Avant de retrouver James sur le parking pour notre tête-à-tête hebdomadaire, je suis passée au lieu de rassemblement souhaiter un bon séjour ougandais aux instructeurs. Manzi était nerveux. Il s'étirait avant d'aller courir. Il m'a attrapée par la nuque et a avancé quelques mètres avec moi. A ouvert son survêtement à zip et m'a remis une grosse enveloppe.

— Pour tes tissus.

J'ai palpé le paquet.

— C'est pour un rachat du marché ?

— Tu prévoyais des minijupes ?

J'étais touchée par l'attention. Dans la voiture, j'ai exhibé l'argent devant mon cocu. Il a rigolé en tapant le volant du talon des mains.

— Il sent. Il a peur. Erika, je te jure, si tu te fais pincer avec Vincent, Karatéka sera mauvais.

L'angoisse m'a fouaillé les entrailles.

Lo. Le lendemain, mercredi.

Maman Colonel m'a sonnée pour confirmer notre rendez-vous shopping.

— Ton budget, Erika ?

— Des liasses de gros billets ! Cadeau de Manzi. Exagéré.

La Colonelle a sifflé. Réagi comme James.

— Il sent. Il est insécurisé. Méfie-toi de lui ! Attention à Vincent, s'il te coince avec Manzi, il sera atroce.

On a revu à la hausse mes ambitions vestimentaires et réglé les aspects pratiques. Elle a rappelé dans l'après-midi.

— Damas m'informe du voyage de Manzi après-demain ? Tranquillise-le avant son départ pour Kampala. Foi de tenancière ! *Muhe igituba ariko*[1].

Comment Tonton et la Colonelle se sont-ils retrouvés un matin à parler de l'agenda de Manzi ? La question ne m'a pas effleuré l'esprit, dévoré par mon anxiété. Je ne pensais qu'à Vincent, à l'attitude à adopter. Il m'avait tellement manqué. Le prendre dans mes

1. Forme très crue de « Donne-lui le vagin ».

bras et faire abstraction des photos ? D'abord se parler, dans un endroit neutre, et risquer de le braquer ? L'accueillir et voir venir ? Vincent ne resterait que dix jours. Pourquoi gâcher la relation avec Manzi ? Elle occupait mes horaires et m'empêchait de m'écrouler. Forte des conseils de la Mama, j'ai appelé Manzi pour lui proposer de passer la soirée ensemble. *Bien sûr, Nesquik.* Je présentais une exposition de peintures près de chez lui, on s'y rejoindrait.

À sa manière d'ouvrir le portail, j'ai perçu sa nervosité. Il a traversé la courette, contourné la maison, retourné dans l'herbe son sac de sport et étalé son linge humide sur les cordes. Gisa, le petit de Vénantia, s'est glissé sous la clôture et a couru vers lui. Manzi l'a fait sauter en l'air, tournoyer et, au bout de minutes de rires, reconduit à la haie.

Une angoisse m'a rattrapée. De le sentir à ce point tendu, malgré la bonne humeur du gamin, mignon à croquer. Je fumais sur la terrasse avec une Primus, ventre noué. *Oh ! Bébé Nesquik !* Il a souri, enlevé ses lunettes – signe qu'il était déjà douché – et m'a embrassée. *J'arrive, je prends un jus de fruits au frigo.* Lo, je te jure, flipper, ça démine des ressources.

— Manzi, non s'il te plaît.

— Non ?

— Va dans la chambre. Déshabille-toi. Le temps de finir ma clope.

Tard, après le dîner, Manzi m'a assise à califourchon sur ses genoux. J'ai retiré ses lunettes. Admiré le faste de ses noisettes dorées… Mes mots l'ont rendu gauche, incertain soudain.

— Erika… Tu fais l'amour avec un autre que moi ?

Sa question est entrée en collision frontale avec mes anxiétés. Elle m'a cueillie à l'improviste, dans la vulnérabilité de l'après-love. La soirée avait été un tel îlot de paix, après les émotions des jours précédents. Vincent, nos appels, Vincent bientôt à Kigali. J'ai regardé Manzi, bouleversée. J'ai pensé à Vincent. Vincent, s'il savait. S'il me voyait dans ce débardeur d'homme, cette position. Vincent, ça l'anéantirait.

J'ai fait une grosse crise de larmes.

Manzi s'est confondu en excuses. C'était bon de chialer au creux de son corps si solide, à même la peau. De le sentir dénouer mes cheveux et, mèche après mèche, s'aventurer hors du lexique de sa réserve, lâcher le contrôle et revisiter nos odeurs.

Kigali, jeudi 1er novembre 2018

Lawurensiya, je t'aime tous les jours pour toujours.

Le samedi vers 13 heures, Vincent a téléphoné de Kanombe.

— Le temps de quitter l'aéroport, je n'ai pas de bagage en soute, de louer une voiture et je te kidnappe jusqu'à Karongi, devant ton Tout Beau. D'accord ?

Vincent avait maigri. Bon, il avait de la marge… Toujours aussi net. Dans un jean anthracite, une chemise claire en lin, un marcel et des Converse All Star montantes. Crâne rasé et grands yeux de velours.

Trois heures de route serpentine asphaltée. Entre collines montagneuses cultivées en terrasse et le lac Kivu, ses atolls et rivages escarpés. Des paysages et coloris époustouflants. Lawurensiya, j'aime rouler avec Vincent. Il se concentre sur la conduite, se détend et ose la confidence. Entendons-nous. S'autoriser à parler de soi. Gengis, par exemple. Son collègue. Le coordinateur de la zone Moyen-Orient. Vincent lui avait demandé l'adresse d'un bain vapeur. Gengis l'y a emmené. Aujourd'hui, les vendredis stambouliotes, après la prière, il dîne avec lui dans sa famille. Vincent précisait. *Gengis sait que je suis un mécréant assoiffé et divorcé*. Tu vois, Lo, c'était cela s'épancher pour Vincent.

On a logé au Moriah Hill Resort, cosy et charmant. Pour te repérer, c'est le chemin à gauche avant d'arriver au Centre presbytérien le Bethany. Une architecture type marina, avec une quinzaine de chambres, deux restos-bars, des jardins, une plage privée et un ponton d'accostage pour bateau. Et, d'où que tu sois dans l'hôtel, le lac Kivu.

En route, Vincent avait appelé le propriétaire, un ancien militaire. Ils se sont étreints avec amitié. L'hôtelier offrait le logement – non, pas de discussion possible. Il a donné des ordres pour nos valisettes et embarqué pour un apéritif crépusculaire sur le belvédère. Lawurensiya, face au Tout Beau, ses îles, les lampions des pirogues de pêcheurs et le volcan Nyiragongo. Au bar, il y avait un couple de Belges. Des sexas à la dégaine très sportive et au gosier pentu. J'ai abandonné Vincent à ses retrouvailles et papoté avec les compatriotes, Justine et Bernard.

Vers 21 heures, nous sommes entrés dans la chambre. Une pièce épurée et douce, couleur moutarde, éclairée d'un abat-jour de chevet en napperon artisanal. Une baie vitrée, donnant sur une terrasse privative avec des meubles de salon en osier. J'ai fait coulisser la vitre sous une moustiquaire. Le Tout Beau, Lawurensiya. Sa quiétude. J'ai entendu Vincent revenir de la salle d'eau. Je me suis retournée. Ce moment de vérité entre les aimants. La contraction de l'estomac. Je me suis appuyée contre le chambranle métallique, fesses sur les mains. Il m'a regardée. Il se mordillait la lèvre inférieure. Il s'est déchaussé, doigts posés sur le mur, à plat à côté de l'interrupteur principal. Il s'est mouché.

Il s'est avancé jusqu'à moi. Il a baissé les yeux, le temps d'allumer une cigarette.

Il l'a dit, Lawurensiya. En français. Dans ma langue. En étirant trop les voyelles. Lentement. En marquant des pauses. Pour reprendre sa respiration. Frotter son nez.

Il l'a dit, Lawurensiya. Là, devant le Tout Beau, témoin.

— Je ne te demande pas de me pardonner pour les photos. Je ne peux rien réparer. J'ai coulé chaque jour pendant neuf mois. Je te présente mes excuses. Pour ma violence. Pour l'humiliation. Merci d'être là.

Je me taisais.

Il a reniflé. S'est remouché un bon coup. Lawurensiya, ainsi pleurent nos hommes.

Il s'est écarté. Il a pris un paquet de six bières dans le frigo, a rallumé une clope et a poussé la moustiquaire. Il s'est étendu sur le canapé.

Je crois être restée longtemps sans bouger. En silence. Gorge enflammée par des émotions contradictoires de révolte et de délivrance. Dans la salle de bains, j'ai bu l'eau non filtrée du robinet, pensé à toi, au père, mes hygiénistes préférés, ça m'a fait sourire. J'ai vu ma vilaine tronche dans le miroir et rejoint Vincent sur la terrasse.

Il avait les bras croisés sous la tête, étoiles charbonneuses opaques. J'ai déboutonné sa chemise. Je me suis couchée sur lui, *j'ai froid Vincent.*

Jamais plus, même à Abidjan lors de la débâcle, des mois plus tard, nous n'avons reparlé des photos.

Lo.

Le lendemain, après le petit déjeuner, excursion dans les plantations de thé de Gisovu. De là, départ pour une randonnée de près de deux heures pour atteindre, dit-on, une des sources du Nil, blottie au bout d'un sentier balisé dans la forêt de Nyungwe. Point d'eau où, figure-toi, Justine et Bernard se désaltéraient, juchés sur des vélos de montagne. Après des exclamations de surprise, nous sommes convenus de déjeuner ensemble à la guest house, située dans les théicultures verdoyantes.

Après la soirée plaisante de la veille, nous avons pris la peine de nous présenter davantage. Ce sont des francophones de Tournai, des indépendants retraités d'une entreprise d'installation de chauffages. Ils rendaient visite à leur fils, investisseur à Kigali. Des gens gentils. Bourlingueurs à la barbe et aux poils fournis pour lui et, elle, au chemisier en gros coton fleuri. On a entamé une bière sur la terrasse en attendant le repas. Justine a enlevé ses solaires et… il y a eu la lumière Caraïbe océane des yeux du père, ses pattes-d'oie profondes sur les tempes.

— Justine, tes yeux sont aussi beaux que ceux de feu mon père !

— Oh…

Et soudain, Lo, il m'a tellement manqué.

J'ai avalé une gorgée de Primus et dérapé dans des souvenirs. Pensé à lui. Vu, me voir. J'ai eu honte. Honte, oui. De quoi ? J'en sais rien. J'ai regardé Vincent. Souri aux trois, tentant d'endiguer ma mélancolie. Le père, Lawurensiya, ce héros, il ne permettrait pas – j'ignore comment – la déchéance de sa cadette. À l'insu de la mère, du frère, de toi, je fuirais à l'hôpital. Je dédaignerais le courroux des infirmières et doublerais le patient suivant. *Erika ?* Je fondrais direct en larmes. *Y a quoi, mon p'tit cœur ?* Il me placerait en cellule d'isolement dans ses bras. J'accuserais Vincent, ses photos ! Le père s'énerverait. Genre. *Erika, tu te fiches de moi ? Tu me l'as dégoté où ce crétin ?*

Justine m'a extraite de ma rêverie par un *Viens, Erika, c'est servi.* J'ai accroché ses prunelles antillaises et me suis levée. Lawurensiya, je m'égare dans mes explications. M'intéresse, un fragment de conversation, de retour dans les divans du jardin. Nous parlions de la Turquie, les Belges l'avaient parcourue à vélo. *J'aime mes séjours à Istanbul*, ai-je souri, *une métropole pleine de contrastes et de cultures.*

— Serais-tu disposée à t'y installer avec Vincent ? s'est enquis Bernard. Tu y dénicherais sans difficulté un bon boulot dans ton domaine !

Lo, cette question du Tournaisien avec, face à moi, Justine. Justine, ses yeux, ses cheveux châtain clair blondis de soleil, convoquant le père. Le père, bastion imprenable, rempart absolu, duquel je déclarai, je te jure, sans une once d'animosité ou d'amertume :

— Vincent ne veut pas de moi dans ses pattes.

Lo, tu connais les Blancs. Sans-gêne ou spontanés, va-t'en savoir ! Ils se sont exclamés.

— Ah bon !

Le Vincent dèh.

— Quoi ? Jamais je n'ai dit cela ! J'ai dit, considérer égoïste et irrespectueux de te laisser m'attendre à la maison, seule, lors de mes déplacements professionnels.

— Vincent, déménager à Istanbul, ce serait pour être près de toi, avec toi, ensemble quoi. Pas pour t'attendre, Vincent. Pas plus en Turquie qu'à Bruxelles ou à Kigali, je ne t'attendrai. J'aurais évidemment ma propre vie, comme toi, comme tout un chacun. Un travail, tôt ou tard une vie sociale, je danserais oriental et fouillerais la ville de ses trésors d'art.

Lawurensiya, j'étais consciente de ma transgression culturelle. Lacérer le rideau de l'intime devant des étrangers. Lawurensiya, Justine ne me lâchait pas du regard, pupilles Caraïbe flamboyante du père. J'ai repris, à l'intention des compatriotes.

— Les amis, je décode pour vous le refus d'*une femme en train de m'attendre.* Ça signifie ne rien vouloir négocier et être un parano du contrôle. Par crainte de trahir les angles morts.

Je me suis rapprochée de Vincent. Il s'est collé à moi. J'ai taquiné.

— Ici, questionner ton mec sur un horaire, pour des raisons pratiques, est vécu comme un interrogatoire.

Vincent s'est tassé dans le canapé, nuque calée sur le haut du dossier, une main douce sous mon top. Sa jugulaire pulsait. Bernard a lissé sa barbe. Et Justine, Lawurensiya… Elle acquiesçait de la tête. Elle m'a souri, barbouillant d'océan son visage.

Bernard a conclu, affectueux.

— Votre configuration amoureuse est enrichissante ! Sans monotonie ! Chacun, autonome, vit sa vie et a des expériences à partager avec l'autre.

— Ouais ! *Ipso facto*, ai-je approuvé.

Lawurensiya, je te jure, les Blancs. Justine et Bernard, mes généreux. Ils barbotent depuis plus de deux siècles dans un projet d'égalité et de justice. Nous, ici, depuis hier, il y a vingt-cinq ans, le cap n'est pas la liberté individuelle. C'est la libération. Collective, d'abord sortir de notre condition de cafards ou de chiens. Devenir des sujets !

Vincent a demandé :

— *Ipso facto* ? C'est du français ? Ça veut dire quoi ?

Justine a répondu. Avec une étrange férocité.

— Par le fait même. Dit autrement *Ce que tu fais, Erika le fait.*

La serveuse a apporté la facture et l'a déposée d'autorité devant Vincent. Bernard l'a piquée.

— J'vous invite !

Vincent s'est frappé le front du poing. Il a rigolé, de son grand rire si communicatif.

— Merci ! Avec plaisir, Bernard ! Je viens de prendre cher là. Suis mort fauché.

Kigali, samedi 10 novembre 2018

Lawurensiya, si tu meurs je te tue ! Je te jure !

La Colonelle et mon Jaja ont raison ! Mon problème fondamental, irrécupérable, pathétique, c'est de surestimer beaucoup trop l'amour.

Au retour de Gisovu, dès la porte de la chambre fermée, Vincent m'a plaquée au mur, tibias sur sa poitrine. Il a pesé de sa masse sur moi. En lèvres à langues, murmuré :

— *Ipso facto*, j'ai pas compris. *Par le fait même*, c'est quoi ? Quelle grammaire ?

— Par une conséquence obligée. C'est une locution adverbiale.

Il a pivoté pour s'adosser et me soulager de son poids. Je l'ai embrassé et ai enroulé mes jambes sur ses hanches. Il a accueilli le baiser. La bouche de Vincent, Lawurensiya. Presque féminine. Pulpeuse, foncée. Un fruit d'Afrique orientale – soleil baston, sans pitié, chaleur, humidité. C'est un patient, Vincent. Je te l'ai écrit. Il est revenu à la charge.

— Donc, comme je ne veux pas te déménager à Istanbul, tu ne m'attends pas à Kigali et tu fais ta vie ?

— Oui. Je fais ma vie au Rwanda, avec mon cœur en Turquie et mon corps en rade de toi.

Je l'ai mordu pour me dégager de son étreinte. De sa peau délayée dans son parfum *Bleu*, de sa voix grave, de ses battements de cœur. Il m'a étouffée sur sa poitrine, pour m'empêcher de le regarder. Révélation impromptue, *ipso facto* l'a déchiré. Je ne lui appartenais pas.

— Je suis un vrai connard. Je peux te faire un câlin ? a-t-il ajouté, maladroit.

Cette tombée de la nuit à Karongi, c'était pleine lune. Vincent m'a déposée au sol. Je me suis mise sur la pointe des pieds pour retirer sa chemise. Son maillot de corps. Prendre le temps de manger ses épaules. Il a défait mes cheveux et renversé mon visage sous le sien. Sondée de ses étoiles noires. Impénétrables. J'ai eu un pressentiment. Une boule de peur au ventre.

Un désir, *Fou de Vincent*.

J'ai débouclé sa ceinture.

Kigali, dimanche 11 novembre 2018

C'est fini, Lawurensiya.

Tout a foiré.

Cette lettre est probablement la dernière.

La santé de Tonton Damas s'est dégradée. James a giflé une de ses maîtresses devant moi, elle a beaucoup saigné du nez. Elle a porté plainte, j'ai nié. Mzee Idelphonse se maintient et m'appelle définitivement Angélique. Manzi me réclame un enfant, une fille. Vincent est cassé. Moi aussi. Les chéries, ça va. Matt est encore à son poste. Zaninka a ramené un Italien, dont l'anglais – désormais langue de la maison – est une fête quotidienne. Elles ont des amants, des Rwandais mariés. Manzi enquête sur Gaspard. J'ai peur.

Revenons sur les jours de bascule.

À notre retour de Karongi, Manzi était rentré. Pour libérer ma soirée avec lui, James a invité Vincent au resto français L'Épicurien, près de chez moi, à l'opposé du stade Amahoro. Il a aussi choisi cet endroit pour son cadre discret, un jardin fleuri et arboré, parsemé de paillotes, où s'isoler et fumer.

Ils se sont tapé dessus. Dès l'apéritif.

Vincent est revenu sur l'*ipso facto*. James s'est énervé. Il a haussé la voix sur un Vincent flegmatique et commis la phrase atroce.

— Vincent, Erika c'est pas la Vierge Marie, elle n'est ni sainte ni mère !

James lui a reproché son comportement destructeur de mise en danger des limites de l'autre.

— C'est l'hôpital qui se moque de la charité, l'a raillé Vincent. Moi, c'est pas pareil ! Ce sont des putains ramassées par paresse masturbatoire.

Vincent s'est entêté.

— J'ai partagé Erika cinq ans avec son mari. Je ne supporterai plus. Je la connais, je sens, je le sens, il y a quelqu'un.

La discussion a dégénéré. James a accusé Vincent de violence à mon endroit. De s'être rétracté, de peur de me ravager et de ne pas être à la hauteur. En avoir crevé et échafaudé une expo photos de merde pour briser la relation. S'être noyé. Avoir demandé à James d'intercéder auprès de moi et, *kabisa*, être arrivé dare-dare à Kigali et s'excuser. James s'est incliné par-dessus la table pour lui empoigner l'encolure de chemise, déchirant le vêtement. Vincent l'a baffé. De la vaisselle et des couverts sont tombés, le personnel et les gardes sont accourus pour les chasser.

— Amenez la bouffe au lieu de pleurnicher ! a menacé Vincent.

Ils se sont ressaisis et bourré la gueule.

Côté Manzi, Lawurensiya.

Samedi matin, sur sa terrasse. Je mangeais une papaye. Je sortais de la douche, cheveux mouillés, pagne noué sur la poitrine. Il faisait chaud. Un journalier tondait une pelouse dans le voisinage. Des oiseaux picoraient des miettes de pain sur la table. Gisa et Aline, les enfants de Vénantia, jouaient à trois mètres de nous, dans le jardin. Ils étaient venus nous montrer un jouet, ils sont restés. Manzi m'observait. Il buvait son café. Il a retiré son débardeur. Il portait un short de foot bleu ou jaune, je sais plus.

— Erika, y a un homme dans ton corps.

J'ai soupiré, agacée.

Fiacre, Monsieur Vénantia, s'est pile pointé pour récupérer les gosses. Il était engoncé dans un costume marine avec de fines lignes blanches, trop large, trop épais. Cravate rouge vif. Il nous a salués, on s'est retenus de rire. Cocu, bête, infatué. Manzi a offert des beignets aux gamins et ils sont partis.

J'ai profité de la diversion pour adopter une posture cool.

Manzi a fourré un sandwich d'une omelette. Nerveux. J'ai croisé ses yeux. Mordorés scintillants. Superbes ! Il s'est carré dans son fauteuil et a déplié ses jambes sèches, trop musclées. Crispé ses orteils sur le bord de la table.

— Erika, a-t-il répété, doucereux. Y a un homme dans ton corps.

— Et ?

Il a plissé ses joyaux.

— Y a pas de place pour lui.

— Eh bien Manzi, dégage-le ! T'es pas champion d'Afrique de karaté catégorie amateurs ?

Halluciné, il a.

— Tu te fous de ma gueule ?

— Je te soutiens dans tes difficultés et tu m'agresses ?

Il triturait sa balle antistress à pustules. Très nerveux. J'ai bluffé.

— En fait, t'es un tchatcheur ! Qui me susurre au premier whisky, *ce soir à la maison combat sans merci, mon agent secret va te faire craquer*[1] ? Missionne-le pour débusquer l'intrus !

Il s'est bidonné. J'avais une crampe de trouille à l'estomac.

Il s'est penché pour attraper mon visage et m'a menacée, souriant, d'un *keba na yo*[2] *Nesquik*.

J'ai pas fait gaffe, Lawurensiya.

---

1. Fally Ipupa, album *Nourrisson*.
2. « Fais attention à toi », en lingala.

Kigali, vendredi 23 novembre 2018

Tout a foiré, Lo.

Fin d'aprèm, à la maison, nous avons improvisé un barbecue. Les chéries, leurs squatteurs, Vincent, moi, mon Jaja, sa dernière recrue, l'amant de Coco – Jean de Dieu – et son épouse. J'adore le crépuscule. Les variations de couleurs, d'odeurs, de chaleur. L'à-tue-tête des oiseaux dans les avocatiers du jardin. J'aime ça, être ensemble pour du gratuit. Avec des bières, des brochettes, des clopes et des blagues sur les aléas de la vie. Nos téléphones félons éteints ou sur silencieux.

On devisait de tout et de rien. Assis sur des chaises musicales, en fonction des allers-retours pour puiser dans le frigo ou bien se resservir au buffet sur la table de la salle à manger. Lo, je te passe les détails. Vincent et moi étions sur un des divans, il avait les jambes croisées, je caressais, distraite, l'extérieur d'une de ses cuisses. J'ai ridiculisé les propos vaniteux de l'amant de Coco, un parvenu du numérique.

— Moi aussi, je suis propriétaire terrienne. Mon corps ! Certes, c'est une possession modeste, qui se détériore chaque jour, mais bien à moi ! J'en dispose à ma guise, pas comme toi mon Jean de Dieu, tes biens matériels appartiennent à l'État.

On a bien ri de ma fine plaisanterie, n'est-ce pas. J'ai noté une lueur particulière dans les yeux des chéries et de James... Vincent s'est levé, je te jure, presque titubant.

— Quelqu'un a besoin de quelque chose ? Je vais envoyer la sentinelle chercher du waragi pour célébrer la propriété privée.

On a fait le plein de cigarettes, de chewing-gums et de chocolats pour Zaninka. Le gardien a déposé les achats sur la table basse, débarrassé les vidanges et tendu à Vincent une des deux bouteilles de waragi, des grandes. Il a bu au goulot et passé l'alcool à James, en articulant nettement *C'est horrible.* Les filles, James et moi avons compris. Le *C'est horrible* de Vincent portait sur ma déclaration patrimoniale. Il est allé aux toilettes.

Lawurensiya, sur les quinze mètres séparant la terrasse du W.-C. des visiteurs, Vincent a pris la décision inouïe, sans me consulter, je sais ça te fait rire, de m'éjecter de son corps. La suite, tu la connais, je te l'ai écrite dès ma première lettre. Jusqu'à son retour en Turquie, la semaine d'après, nous avons stationné sur la terrasse. Bières. Cigarettes. Je ne disais rien sur nous deux, lui non plus. Il ne dormait plus à la maison. J'ai tenté plusieurs fois de m'asseoir sur ses genoux. Il a esquivé. Je lui ai raconté l'imbécillité de Vénantia et Fiacre, il en a ri aux larmes pendant des jours et des jours ! Je lui servais des bières et couvrais de baisers son visage. Il tressaillait et ne bougeait pas. Il est reparti à Istanbul. À peine atterri, il m'a appelée.

Entre nos appels incessants, pendant quasi huit mois, jusqu'à la débâcle à Abidjan en novembre 2016, j'ai baisé Manzi. Nous nous sommes promenés sur les collines de la côte nord-ouest, de Gisenyi à Nyamasheke. J'ai accepté toutes les sollicitations professionnelles. Fait du sport, étanché mon imprescriptible soif à L'Église, sangloté dans mon lit ou au salon auprès des chéries. J'ai acquis de nouvelles robes et voyagé à Bruxelles.

## Kigali, dimanche 2 décembre 2018

Lawurensiya. Le quotidien. Interminable, sans Vincent. Vincent.

Un soir, à L'Église. Seule avec Tonton Damas.

— Erika, quand tu étais en Belgique, Manzi et moi sommes allés boire dans le cabaret de Gaspard. Tu connais l'endroit ?

— Non. C'est à Muhima et il y a une bonne connexion Internet. C'est bien ?

— *Kabisa*. C'est super. C'est une habitation familiale, rénovée avec intelligence. Portail passé, une cour fleurie avec des graviers et une terrasse, j'imagine l'ancien salon, au sol carrelé couleur terracotta. Comptoir, musique lounge, déco made in Rwanda, meubles en bois, coussins en pagne et vaissellerie en terre cuite. Aux murs, des photos de clients et de Kigali. Le couloir donne sur des sanitaires irréprochables, une cuisine et deux pièces ouvrant sur une cour arrière. C'est paisible. Fréquenté par la classe moyenne et des étrangers attirés par le wifi et la qualité du service.

— Eh bien ! Gaspard était là ?

— Non, on était en repérage à son sujet. Tu le sais, Manzi et moi on se cause en lingala. Nous avons demandé après le patron. L'épouse s'est pointée. Claudia, elle s'appelle. Ma chère, une belle petite ! Tutsie du Burundi, chaleureuse.

— Vous vous êtes présentés ? Manzi a dit connaître Gaspard ?

— Non, nous ne l'avons pas évoqué. On a juste donné nos prénoms. Notre présentation, c'étaient les langues parlées. On a prétendu être de retour au pays car au Congo ça craint. Ça l'a touchée, elle est née en diaspora. Du coup, elle nous a raconté leur retour en 94, elle était ado.

— Ils ont fait construire le cabaret ? Beaucoup de travaux ont été faits dans ce quartier.

— C'était le cabaret réputé pour ses *birayi*, les pommes de terre. Tu t'en souviens ? Nous l'avons félicitée pour l'atmosphère conviviale et la tenue du lieu. Elle était confiante et nous a raconté l'histoire de l'établissement.

— Ça me rappelle quelque chose… Je demanderai à Maman. C'est plutôt chouette, non, d'avoir maintenu le concept ?

— En tout cas, la formule marche ! Claudia est très fière d'avoir des clients blancs. Ça le fait !

Tonton et moi avons croisé nos interrogations… Les Gaspard, c'était une famille hutue. Où étaient-ils en 94 ? Quelle était leur trajectoire ? Ce commerce, était-ce de père en fils ? Damas prévoyait d'y retourner seul pour glaner des infos, Manzi étant trop identifiable. Que penserait Gaspard s'il tombait sur lui ? Qu'il drague sa femme ? Claudia était en confiance avec Damas. Elle le percevait comme un Congolais au Rwanda et non un Rwandais du Congo, de trente ans son aîné.

La santé de Tonton Damas s'était dégradée. Requinqué, près de deux mois après son premier passage, cinq depuis le départ de Vincent et son *C'est horrible*, il est retourné au #G@spard. C'était une matinée, il sortait d'un prélèvement à l'hôpital de Muhima. Il crevait de faim, à jeun depuis la veille. Claudia l'a bien reçu.

— Erika, Claudia et moi on cause bien. Si j'étais encore fringant, je te la baiserais tranquille. À défaut, j'fais mon Blanc. M'intéresser à elle, à son mioche et à ses états d'âme. J'avais amorcé une discussion sur sa belle-famille mais *nada* ! Elle était occupée. Je me suis installé au comptoir pour manger une tortilla. Qui tapait des Primus à 10 heures ? Février, le chef du *mudugudu*[1]. Un petit de trente-cinq ans, né au Zaïre.

— Profil de ton petit ?

— Famille tutsie de Butare. Le Février s'adore, je te jure. Un prétentieux. Il s'enorgueillit du succès du pays, comme s'il y avait contribué. Un vrai *zoba*[2]. Ignorant de l'Histoire, fier d'être un Tutsi au gros cul mou saturé d'œstrogènes, veston évasé sur les hanches. Monsieur a étudié l'anglais sur YouTube, il se prend pour un intellectuel. Il est sympa malgré tout, le Congo laisse des séquelles de bonne humeur.

Il m'a fait rire, le Tonton. C'était pas son style d'égratigner les gens. Février a dû l'irriter.

— Alors ?

— J'ai rincé mon petit. Tu vois, on bavardait en lingala, il était en confiance, à parler sans contrôle, vrai

1. Chef du « quartier ».
2. « Idiot », en lingala.

*congoman*, je te jure. Je l'ai baratiné, pour obtenir des infos sur la famille de Gaspard.

Tonton s'est tu.

— Wanjye… Le père et les frères de Gaspard ont pris perpète. Ils sont à la prison de Nyamagabe.

Je me suis levée. Quoi ! Postée devant Damas. Brandissant mon index sous son pif et m'adressant à lui, presque insolente.

— Tu vois, Tonton ! Toi, James et ton copain Manzi ! Vous pensiez que je faisais des caprices, que je délirais sur Gaspard, voire qu'*on a hein hein hein* !

J'ai parlé trop fort et, pour passer mes nerfs, j'ai rangé notre cour, j'ai empilé avec colère des chaises en plastique.

— Erika, on investigue ou pas ? Manzi a eu des doutes, c'est normal, tu es sa copine. Moi aussi, je me suis interrogé, je suis un retraité de la délinquance sentimentale.

On a rigolé. La Colonelle est arrivée. On a recoupé les éléments et multiplié les questionnements. En 94, Gaspard avait vingt-trois, vingt-quatre ans. C'était une fratrie de combien ? Combien de garçons ? Pourquoi n'était-il pas en taule ? D'où étaient-ils originaires ? Comment avait-il eu les moyens d'acheter ce commerce ? Quels étaient les propriétaires ?

Gaspard a eu l'élégance de lui-même nous orienter. Il a invité le groupe du sport à son bar la semaine suivante. C'était l'anniversaire de sa femme. Il avait organisé une fête surprise, avec un orchestre, les clients, des amis. Il nous offrait la bière. Ça motive à libérer l'agenda. Il a insisté auprès de Manzi. Il était temps de rencontrer son épouse. *Bien sûr. Erika et moi viendrons.*

Le vendredi, comme convenu. Une grande table était réservée pour notre groupe. Gaspard, Claudia et Tonton se sont installés près de nous. Manzi s'est mis définitivement en poche la Claudia. Il l'a complimentée devant son mari, a affabulé que Gaspard parlait d'elle. Elle était aux anges. Elle s'est intéressée à moi. Comment trouvais-je le Rwanda ? Était-ce ma première expérience en Afrique ? Lo, je te dis pas le mépris dans les yeux de Manzi. L'injure dans ceux de Tonton.

— Chérie, a expliqué Gaspard à sa bobonne, elle est métisse. Elle a un parent rwandais.

La bouffe est arrivée. Fraîche, simple. Délicieuse.

— Claudia, ai-je minaudé, j'adore le concept d'*ikirayi*, la pomme de terre ! C'est ton idée ?

Damas a sorti sa brosse de flagorneur et remis une couche.

— Le bar existait-il avant la guerre ? C'était qui le proprio ?

Gaspard a coupé, sans manières, la parole à sa femme.

— Je ne sais plus son nom. Le père de Claudia a racheté l'établissement au fils. C'est une famille éprouvée par la guerre. Tu sais, Erika, nous avons vécu des choses terribles ici, tu ne peux pas imaginer et tant mieux. Tu étais au Zaïre, préservée dans un milieu privilégié, avec un père *muzungu* et médecin.

— C'est vrai, Gaspard. Pardon, je ne voulais pas te choquer.

— Non, Erika, pas du tout, demande-moi tout !

Il a caressé délicatement mon bras. J'ai frissonné. Il l'a senti. Sa main est repartie dans l'autre sens. J'ai eu la chair de poule. Il l'a vu. Justement, Tonton s'intéressait au père de Claudia. *Quel homme clairvoyant et audacieux ! Investir dès 94 ! C'était une prise de risque.* Claudia a approuvé, fière de son papounet. Dès juillet, à la chute de Kigali, ils ont lourdé le Burundi. Beaucoup de maisons étaient à l'abandon, les habitants tués, morts ou en fuite. Les gens se sont servis. Son père a rencontré le fils du proprio dans un bistrot. Il était en partance pour un pays musulman, il a liquidé son bien pour une bouchée de pain.

— Hélas ! s'est émue Claudia, la malaria a emporté Papa l'année dernière.

Les gens ont afflué. Gaspard et Claudia allaient et venaient à notre table. Bières à gogo et douceur de l'air, l'ambiance était joyeuse ! Il y avait les odeurs entêtantes du musc de Gaspard et de la peau de Manzi. Du parfum des fleurs en nocturne. Des grillades et des pommades des femmes. Les bavardages gais en *kinyafranglais* du public, assez cosmopolite. Les musiciens ont interprété *Ancila* d'Irangira, l'histoire d'un séducteur qui promet à sa belle de ne jamais plus la tromper. Tu penses, les gens adorent cette légendaire chanson, moi aussi, Gaspard aussi, la piste était bondée. Après plusieurs morceaux, je suis revenue à notre table prendre une bière, bras dessus, bras dessous avec Gaspard. Manzi était au whisky, il conversait en swahili avec des inconnus. Tout en discutant, il a attrapé mon bras, je me suis penchée vers lui.

— Erika, je veux notre enfant. Une fille.

Je me souviens bien de ce moment. Ses yeux mordorés, parsemés de vert foncé. Mon angoisse. Diffuse. Estomac, gorge. J'ai reculé. Il a resserré son étreinte. J'avais peur. Gagner du temps.

— Manzi, lâche-moi et appelle ton agent secret !

Je me suis échappée en riant.

## Kigali, vendredi 14 décembre 2018

Lawurensiya. Le quotidien, suite.

Suspension dans le vide. Accrochée au corps de Manzi et aux appels de Vincent.

Tonton passait régulièrement au #G@spard. Rentrait, bredouille. James et moi déprimions. Déshydratés. Perfusés à la bière. Chez moi. Sur la terrasse. Manzi, nerveux. Les affaires, pas bonnes. Il se repliait sur Bukavu et Goma, chaotiques, dégoulinantes de fric et abusées par les humanitaires. Gaspard et lui étaient en compétition, sourde, inavouable. Les karatékas se préparaient dur pour la sélection du championnat d'Afrique. Manzi maigrissait trop. Pesait ses protéines. Gobait des œufs crus au petit déjeuner. Je rigolais et me moquais de lui. Il était jaloux. Soupçonneux.

Manzi nous a convaincus, Tonton, la Colonelle et moi, d'associer James à notre investigation. De cesser de le protéger sans son accord !

— C'est le frère d'Erika. C'est offensant de l'écarter. Et nous avons besoin de lui, rescapé, pour approcher les survivants du quartier. Ils ont nécessairement des infos. Comme témoins oculaires ou lors des procès *gacaca*.

Manzi a vu mon Jaja. Un mois après, soit six depuis le *C'est horrible* de Vincent, James nous a réunis à L'Église. Les survivants étaient formels. Tous les hommes de la famille de Gaspard ont violé. Sauf lui ! Son père, un notable, chef des *Interahamwe*, prélevait des esclaves sexuelles aux barrières. Elles étaient stockées dans le salon. À sa disposition et celle de ses proches – frères et beaux-frères, fils, oncles, cousins, amis fidèles. Des miliciens aussi, contre alcool, argent ou cadeaux pour soudoyer l'épouse et les sœurs, témoins complaisantes.

— Oui ! a martelé James. Les rescapés sont unanimes. Gaspard a tout vu et n'a pas participé aux viols. Il a tenu des barrières et n'a pas tué. Incroyable !

Kigali, dimanche 23 décembre 2018

Tout a foiré, Lo.

Le samedi midi, Tonton m'a appelée. Pouvais-je passer à L'Église vers 20 heures ? Je le sentais stressé. J'ai débarqué plus tôt. Mzee Idelphonse me manquait et j'étais affamée. Manzi était absent, Damas pas encore là et la Colonelle gérait des querelles entre le personnel et des soiffards. J'ai mangé et discuté avec le vieux.

James et Tonton sont arrivés ensemble, suivis de Maman Colonel. L'atmosphère s'est brutalement modifiée. Il y a eu un étrange silence. J'ai eu l'impression de jacasser. Les trois m'ont encerclée de leur chaise. Damas a poussé du coude James. *Allez, vas-y.*

— Wanjye…

James s'est raclé la gorge. Il nous a allumé une clope.

— Erika, avant le génocide, le bar de Gaspard appartenait au père de Vincent. C'était une annexe à leur habitation. Le fils qui vit dans un pays musulman, c'est Vincent, en Turquie.

Il y a eu un immense silence, tu sais.

On se regardait.

La bonne a retourné un casier à côté de la Colonelle et décapsulé des bières. On ne les a pas bues. J'ai un souvenir de calme complet, impensable un samedi. James a rompu le silence.

— Pour avancer, c'est à toi de jouer Erika.

— Moi ? Que puis-je faire ? Les *gacaca* ont disculpé Gaspard.

— Il nous faut la version de Vincent.

— Quoi ? Pas question ! De toute façon, Vincent était au front. Tu cherches quoi, James ?

— La version de Vincent, s'est-il obstiné. Quand sa famille a-t-elle été décimée ? Il n'y a aucune trace. Toi, tu sais quoi ?

Je me suis refermée comme une huître. Je ne voulais pas trahir la confiance de Vincent. Tonton a usé de son grand pouvoir sur moi. Nous étions entre nous, a-t-il insisté. Je me suis braquée. La Colonelle a giclé un jet de salive à mes pieds.

— Wanjye, tu es loyale envers qui exactement ? Vincent ? Le Gaspard ?

J'ai cédé. L'assassinat de la mère et des sœurs au cours d'une descente à Noël 90. La rafle du père et de ses trois fils. Leurs décès lors de l'attaque du pénitencier de Ruhengeri, en janvier 91. Vincent était chez son oncle à Bujumbura. Il s'est enrôlé de là.

Je me souvenais avec exactitude du récit de Vincent à Istanbul, lors de mon premier séjour.

— Vincent est tombé trois, quatre fois nez à nez avec Gaspard. Ils se saluent correctement et échangent des banalités. Les *gacaca* ont absous Gaspard. Vincent le sait. *Pourquoi ne le saluerais-je pas ?* me dit-il. *Son comportement relève de l'héroïsme.*

Il y a eu un silence. Un long silence, tu sais.

Lawurensiya, mes entrailles ont corrélé ces rencontres inopinées avec d'inoubliables beuveries de Vincent.

## Kigali, mercredi 26 décembre 2018

Tout a foiré, Lo.

En quatre semaines. Sept mois après le *C'est horrible* de Vincent.

Vincent et moi continuions à nous appeler quasi tous les jours.

Un matin, sur la terrasse, à la maison. Peu avant 6 heures. Zaninka venait de sortir pour un jogging. Elle suivait un énième régime. J'étais tranquille. Il faisait frais. J'avais mon sweat-shirt turquoise. Mon petit short en jean. Cheveux ébouriffés. Thé noir bouillant. Cigarette. J'ai téléphoné à Vincent. Il déchargeait des conteneurs à Abidjan. La connexion était bonne. Il a proposé un Skype. Je suis rentrée dans ma chambre, prendre mon ordinateur. Coco ou Matt se douchait. Vincent était détendu. Tendre. En singlet et training sur son lit. Il avait bien grossi.

Mon instinct a su. Il y avait une femme dans sa vie. J'ai eu mal. Prise au dépourvu. J'ai osé. Ou craqué ? Balbutiante, évoquer le #G@spard à Muhima. *Oui. C'est lui.* Il a allumé une clope. J'ai achoppé sur les mots.

— Vincent, c'est un de mes instructeurs au stade Amahoro.

Il s'est redressé sur un coude pour prendre le cendrier sur la table de chevet.

— Au moins, y en a un de clean ! Il n'a aucune condamnation.

Je me suis tue. Triste. Dévastée. J'ai énoncé.

— Vincent, tu as une copine.

Il a rallumé une cigarette et m'a regardée. Impassible.

— Oui. Et toi ?

— Non, je n'ai pas de copine.

On a souri. Parlé d'autre chose.

Journée terrible. Je n'en ai pas dormi.

Le lendemain à l'aube, Vincent.

— Tu sais, Clotilde, la mère d'Antoine ?

— Oui.

— Elle aide en cuisine dans le cabaret de Gaspard. Elle n'y serait pas si Gaspard avait trempé.

— Ça fait sens.

Boulot oblige, nous n'avons pas tardé à raccrocher.

Pourtant, Lo, c'est celui-là l'élément explosif. Qui me ferait péter un câble, selon James. Pourquoi ni Gaspard, ni Claudia, ni Février, ni personne ne nous l'a mentionné ? Pourquoi cette info n'a-t-elle jamais filtré ?

Kigali, jeudi 27 décembre 2018

Sept mois et neuf jours depuis le *C'est horrible* de Vincent.

Tout a foiré, Lo.

Le soir, j'allais éteindre, Vincent a textoté. *Ma copine ou une autre, ça n'a ni importance, ni signification, ni valeur. Dussé-je un jour me marier. N'en doute jamais. Jamais. L'important, c'est de trouver une issue de vie.*

Je n'ai pas accusé réception. Pas répondu. Pas fermé l'œil.

Je te jure, Vincent, tard le lendemain.

— J'ai repensé à nos derniers appels, j'ai une suggestion à te faire. Dis, tu es là ? Tu as reçu mon message ?

— Oui, aux deux questions.

Il y a eu un silence.

— Ton sport te fait du bien, je l'ai vu à Kigali. N'y renonce pas, s'il te plaît. Gaspard, c'est fini. Forge-toi ton opinion, va voir Clotilde. Je sais pas… Dis-lui, genre, tu vivais au Congo, nos mères étaient des copines. Tu es de retour au pays. Ta mère voudrait comprendre. Dis-lui avoir obtenu son adresse par madame Gaspard. Elle sera en confiance.

— Mon vocabulaire en kinya n'est pas assez nuancé. La Clotilde, elle parle français ?

— Ah merde ! C'est vrai ! Non. Ça m'étonnerait.

— Avec qui préfères-tu que j'y aille ?

— Pas James. Pas Damas. Pas un rescapé. Pas un Rwandais.

J'ai eu un rire bref. On s'est tus.

— Un métis ? ai-je proposé.

— Mmh… Pas convaincu. Les métis rwandais ressemblent souvent à des Arabes. Elle n'en connaît pas, elle aura peur. Il faudrait un Blanc. Un vrai Blanc, avec des yeux clairs et plein de poils.

— Vincent, un vrai Blanc, rwandophone, j'ai pas cette espèce sous la main.

— Freddy ? Ton pote tenancier du Ku rya nyuma, à Giporoso ? Le gars orphelin de mère belge et dont le père métis a été génocidé ? Freddy, impossible de soupçonner son ascendance africaine.

On a discuté jusqu'aux petites heures. J'émettais des objections. Vincent a persisté. *C'était un ami de Thomas, non ?* On convenait de se reparler dans deux jours.

Nuit infecte. Incapable de réfléchir. Sa copine. Son texto.

Kigali, vendredi 28 décembre 2018

Lawurensiya,

L'après-midi, seule à la maison. James débordait de travail, il me sous-traitait pour des corrections de rapports en français. J'ai préparé un thé et sonné à Maman. Tiens, se souvenait-elle du spécialiste de la patate à Muhima ? Elle s'est récriée.

— Le bistrot Kwa Célestin ! Le père a assisté aux viols de ses filles. Par des dizaines d'hommes, dont des amis, des beaux-frères, le personnel.

Elle a eu cette petite phrase.

— Ma fille, crois-tu tous ces assassins sous les verrous ? *Wapi !* C'était en décembre 90 ou 91. Le viol, c'est le crime parfait, sans trace. La justice *gacaca* s'est surtout focalisée sur les trois mois de génocide. Ça ne m'étonnerait pas que ces types circulent encore dans la zone.

Le soir même j'étais à Giporoso, près de Freddy. Il tapait des bières avec des clients. *Ma petite Sista !* Il a sauté sur ses pieds, bras ouverts. Présentée. *C'est Erika ! Son frère, c'était mon frère*. Nous sommes allés à l'arrière du bâtiment. Il se négligeait, Freddy. Pas rasé, ses cheveux bruns bouclés, gras. Du bide. Un jean trop large et un T-shirt élimé. J'ai contextualisé un minimum. Demandé d'aller voir ensemble Clotilde. Dit ne chercher qu'une info. Vincent et trois autres mecs formaient un quatuor inséparable. Je voulais savoir si les trois avaient violé les cadettes. Freddy a écouté attentivement. Sans me regarder. En tripotant l'étiquette de sa bouteille de bière. Il a posé des questions.

— *Ni sawa*, petite Sista. On prendra le temps nécessaire. J'enregistrerai, on ne sait jamais.

Lo, je te passe les détails.

Vincent avait indiqué le chemin. Dimanche après-midi, Freddy et moi sommes allés chez Clotilde. Une dépendance glauque d'une boutique insalubre de Muhima. Elle était au soleil sur un tabouret, dans sa cour cimentée exiguë, enveloppée d'un pagne éreinté. Petite, bien en chair, des cheveux gris tressés sous un fichu, un visage large aux traits bruts. Des yeux pétillants enfoncés dans les orbites et cernés de rides. Elle n'en revenait pas d'avoir deux Blancs chez elle ! Freddy a expliqué ma démarche, le retour aux sources et les recherches de Maman. Elle riait comme une petite fille ! Elle n'en pouvait plus ! *Qui lui a appris le kinya ?*

Lawurensiya, tu connais les frères. Des heures, ça a pris. C'était une femme adorable. *Étions-nous mariés ? Avions-nous des enfants ? Oh ! Pas encore ? Elle prierait pour nous,* kabisa. *Et le Congo, c'était comment ?* Elle était dispersée et heureuse d'avoir de la visite. Je découvrais Freddy. Patient. Très patient. Il l'a fait rire. Il nous a fait asseoir à l'ombre et a sorti de nos sacs à dos des Heineken tempérées. Au début, la vieille a repoussé nos bières. Freddy, son métier, c'est de faire causer et consommer. Sans oublier sa rage perso. Nous avions apporté une quinzaine de Heineken, une bière chère, de Blanc. La Clotilde dèh. Elle a une bonne descente.

Et puis, elle l'a avoué !

— Les trois ont violé.

Freddy a voulu les noms. Elle a tergiversé.

Il l'a eue.

— Mama, tu as livré ton propre fils et tu protèges les autres ?

Elle a pleuré et articulé distinctement :

— Oui. Gaspard aussi a violé. Quant à Antoine, il s'en était vanté ! Je ne l'ai pas balancé, j'ai reconnu les faits.

Elle a essuyé ses larmes. Justifié :

— N'oublie pas, en 90. Un Tutsi, c'était quoi ?

En 94, Antoine avait été atroce. Tueur zélé en journée, violeur le soir chez les Gaspard. Aux *gacaca*, impossible de le couvrir. Elle n'a jamais trahi Gaspard car c'était le seul à s'être bien comporté pendant le génocide.

— C'est un bon gars, reconnaissant, le défendait-elle, émue. Oui, bien sûr, Gaspard savait qu'elle savait.

Elle ne l'a pas dénoncé. Grâce à lui, elle a une activité, une vie sociale au cabaret. Il s'occupe d'elle, paye ses soins de santé et son électricité.

Freddy a approuvé.

— *Kabisa* Mama, c'est un bon gars !

Nous sommes restés encore longtemps, pour ne pas l'inquiéter. Je suis allée acheter des brochettes. On a bavardé et ri. On s'est quittés à la tombée de la nuit.

— Petite Sista, je te garde auprès de moi. Demain matin, police judiciaire.

## Kigali, samedi 29 décembre 2018

Lawurensiya, je t'aime tous les jours pour toujours.

Au RIB[1], à Kacyiru, Freddy s'est taillé son petit succès. Le Blanc qui tape un kinya parfait ! Les policiers ont récupéré notre enregistrement et nous ont fait attendre dans une salle. Près de deux heures plus tard, deux gradés sont venus nous auditionner.

J'ai suivi un des officiers dans une pièce lumineuse et sobre. Au mur, la photo de Muzehe wacu. Le drapeau rwandais. Un meuble bureau et son fauteuil en cuir. Deux pour les visiteurs. Un ordinateur portable fermé. Un bloc-notes. Un stylo. Il m'a fait signe de m'asseoir et a posé deux bouteilles d'eau devant moi. Il était petit de taille, en civil, pantalon à pinces brun foncé et chemise jaune clair. Corpulence moyenne, calvitie prononcée, gros yeux et traits fins. La soixantaine. Il m'a tutoyée.

J'ai lu à voix haute son nom sur son badge, *Thomas Mukunde*.

— Mon frère s'appelait Thomas.

1. Rwanda Investigation Bureau.

J'ai pleuré comme une madeleine, comme une vraie conne.

Il a posé à plat ses petites mains sur la table et avancé son visage, décontenancé par mon torrent.

— Ils l'ont tué en 94 ? Il était au front ?

J'ai secoué la tête. Il a reculé son siège et croisé les jambes, talons sur le bureau.

J'ai résumé. Succincte. L'*Afande* a creusé, il voulait des détails dèh. Il a ouvert un tiroir et lancé un paquet de mouchoirs en papier.

— *Kabisa* Erika, je ne te comprends pas ! Ta famille maternelle a été décimée dans des conditions, hein, et tu sanglotes pour un frère mort en star ?

— En star ?

— Oui. Le type devait mourir ! Rien à faire, c'était son jour. Il était dans sa passion, en train de triompher, le quartier était là, la bière, la sono, les filles, ses amis, sa petite sœur et les Kinois. Il était jeune, beau et aimé. Quelle chance de mourir dans la victoire, acclamé et admiré !

L'audition a commencé.

Il m'a fait parler de toi, la mère et la famille côté rwandais.

— Donc, Lawurensiya est mariée à un Français et elle lui a donné quatre enfants ?

— Oui. Ils habitent en Françafrique.

— Le mari, c'est un Français français ou bien un métis ?

— Cent pour cent français.

— Ah ouais…

L'*Afande*, c'est un pince-sans-rire.

— Lawurensiya a pensé, on n'a pas assez de problèmes, on va ajouter un Français.

Nous avons ri.

Les Tantes, il a voulu des précisions. J'ai beaucoup pleuré. Il m'a enfermée dans le bureau et est sorti. Au moins trente minutes. Il est revenu avec des thés au lait trop sucrés.

Je me suis confondue en excuses.

— Erika, *nta kundi.* C'est ainsi.

Et Zaninka et Coco ? Pourquoi n'apparaissent-elles pas, alors que nous vivons ensemble ?

— Je les tiens à distance, pas par défiance, pour garder un havre de paix.

Il est entré dans le vif du sujet.

— Ma question est simple : quels sont tes rapports exacts avec Gaspard ?

J'ai expliqué. Il ne me croyait pas et s'est emporté à voix basse.

— J'ai soixante-deux ans, nous ne sommes pas à confesse mais à la PJ pour un dossier génocide, ne mens pas !

Le Thomas Mukunde, il s'est énervé dèh. Pourquoi m'acharnais-je sur ce type ? Étais-je consciente de l'enjeu ? Une incarcération à perpétuité !

— Si t'as baisé avec, dis-le ! Et le Manzi, c'est qui ?

Il prenait des notes.

— Quoi ! Les entraînements à Amahoro, c'est avec Karatéka, le champion d'Afrique catégorie amateurs ? C'est lui ton gars ? Sois précise, de grâce !

Son attitude a changé. On a repris le fil des événements. La promesse de Manzi d'enrayer ma peur. J'ai beaucoup parlé de Vincent, bien sûr.

— Karatéka connaît l'importance de Vincent ?

— Non. J'ai été laconique au temps de la drague, signalé *une aventure*.

— Pourquoi Vincent a-t-il suggéré d'aller voir la vieille ? Est-il au courant de tes recherches ?

— Pour être rassurée à propos de l'innocence de Gaspard. Non, je ne lui en ai rien dit.

J'ai évoqué le dernier texto de Vincent.

— Erika, Vincent se sent coupable de te faire souffrir. Il veut te stabiliser. Tu verras, il va annoncer son mariage.

L'officier m'a fait causer de Vincent.

— Concentre-toi. J'ai besoin de détails. Je ne peux pas écrouer le type sans preuves. C'est compliqué avec les viols et il y a presque trente ans. Cherche !

Lawurensiya, je te jure. On a passé au tamis huit années. En cours d'après-midi, on a fait un point à quatre, l'*Afande*, son collègue, Freddy et moi. Ils nous ont autorisés à attendre dans un bar à côté, le temps de se concerter.

Trois heures après, on nous a rappelés pour relire nos dépositions, en kinya pour Freddy, en français pour moi. On nous convoquerait dans la semaine pour des détails administratifs, les signatures et pour récupérer nos documents d'identité.

— *Afande* Thomas, la suite c'est quoi ? La vieille risque de cafter. Gaspard va fuir !

— La suite ? C'est fini, Erika. Ils sont coffrés depuis midi.

## Kigali, dimanche 30 décembre 2018

Sept mois et douze jours depuis le *C'est horrible* de Vincent.

Lawurensiya.

Le surlendemain de la mise au trou de Gaspard et de Clotilde, Manzi m'a réclamée. Il était à Goma. En rage.

— On leur fera bouffer leurs couilles. Excuse-moi d'avoir douté, Erika. Viens en bus à Gisenyi. J'ai besoin de toi.

Il avait mal à la vie, Manzi. Aux siens, aux nôtres. Aux frères. Aux camarades de sport. À l'intégrité du karaté. J'ai eu peur de me retrouver seule avec lui, Vincent suintant de chacun de mes pores. (En sortant de la PJ, lundi, j'avais tranquillisé Vincent d'un message. *J'ai réfléchi, merci Vincent. Je n'irai pas voir Clotilde et je continuerai à Amahoro.*) J'ai proposé à mon karatéka de monter au Septentrion avec mes *bavandimwe* et Freddy. Ça nous ferait du bien à tous de changer d'air, d'être ensemble et de nous détendre.

— Excellente idée, Nesquik ! Rendez-vous au Serena à 10 heures pour le petit déjeuner !

Manzi est arrivé peu après nous. Nerveux. Agité. Amaigri. Trop de sport et pas assez de bouffe.

Débardeur kaki, jean coupe slim éraflé, tongs en cuir. Il a interpellé un *mabere ya nyoko* pour la commande, déclenchant le fou rire des *bavandimwe*. On lui a raconté. Lo, dans la voiture, en montant sur Gisenyi, on s'était accordés pour écarter le nom *Vincent* de nos explications.

Les boissons n'étaient pas encore servies que Manzi a trébuché sur Vincent. Donc, j'avais déclenché tout le bazar sur une remarque de ma mère ? Sur *les procès* gacaca *se sont surtout focalisés sur les trois mois du génocide* ? J'angoissais. Freddy a colmaté les brèches et parlé de *son pote Vincent*…

Nous avions loué la villa d'un privé. Un mastodonte avec pour unique vue le Tout Beau. Manzi avait engagé un cuisinier de Goma. Voilà, Lawurensiya. On était ensemble et c'était bon. Je leur ai raconté mon audition. Thomas consacré star par un virage raté. Les *byemere !* de l'*Afande*, tapant du poing sur son bureau. On a beaucoup ri. Éclusé des bières. Accueilli les confidences poignantes de Freddy. Des uns et des autres.

Le vendredi, nous avons repris la route vers 13 heures, reposés et de belle humeur malgré une forte pluie.

Tout a foiré, Lo.

Nyundo à peine dépassée de dix minutes, James, au volant, m'a jeté un coup d'œil dans le rétroviseur. Je lui ai souri.

— Ça va, mon Jaja ?

— Non, ça va pas ! J'ai besoin de vous tous. De toi aussi, Freddy. Je vais aller droit au but.

Maman Colonel était devant. Tonton et Freddy aux vitres, moi au milieu.

— Qu'est-ce qu'il y a, James ?

— C'est Erika wacu. Vincent m'a demandé de la tuer et je vais le faire.

Lawurensiya, mon Jaja. Il a essuyé rageusement des larmes.

La Colonelle a éteint la radio et posé une main sur l'épaule de James. Je me suis avancée, jambes coincées entre les deux sièges avant.

— Tu vas me tuer, James ?

— Erika, Vincent va se marier et veut te parler la semaine prochaine à Abidjan.

J'ai crié. Sangloté, tête dans les bras sur mes genoux.

— Dis que c'est pas vrai ! T'es un salaud, James !

Ils y sont tous allés de leur petit commentaire. Tonton a glissé sa main dans mes cheveux et secoué mon crâne.

— Arrête de chialer, Wanjye ! Qu'il vienne lui-même ou aille se faire foutre.

La Colonelle et James ont abondé dans son sens. Freddy a renchéri.

— S'il implique la famille, eh bien, qu'il se présente devant nous ! Que nous puissions le soutenir, ainsi qu'Erika. C'est trop facile !

Mon Jaja, je te jure. Par-dessus son épaule, il a tendu la main à Freddy.

— Bienvenue dans la famille, frérot. Tu nous manquais.

La Colonelle s'est retournée vers moi.

— Et toi, Erika ? T'en penses quoi ?

Moi, je sanglotais.

Tonton s'est affalé et a retourné sa casquette sur son visage. Freddy caressait mes cheveux. James était furieux et la Colonelle impassible. Devant chez moi, en pleurant, j'ai sauté de la bagnole, remercié, souhaité un bon week-end à tous et claqué le portail.

Lawurensiya, il y a des jours ainsi. Les filles, rarement là le vendredi avant la soirée, travaillaient sur la table de la salle à manger. Matt servait du café. L'Italien triait des papiers étalés sur le divan. Je ne pouvais pas tricher avec des yeux ampoules de lupanar.

Je me suis assise entre mes chéries.

— Vincent se marie et voudrait me voir la semaine prochaine à Abidjan.

Il y a eu un silence. Enzo a rappliqué, à côté de l'Américain. *Que se passait-il ?*

Tout a foiré, Lo.

Coco s'est levée en nous regardant Zaninka et moi.

— Les Sistas, là, il est temps de nous retrouver. Je vais d'abord mettre à la porte les deux gugusses. Depuis combien de mois vivent-ils à la maison ? Incapables de construire une phrase correcte en français. Allez ! Ça suffit !

Joignant le geste au mot, Coco a indiqué aux squatteurs, son mec et celui de Zaninka, de ramasser leurs affaires et de disposer. Elle s'exprimait en anglais british mais ils n'ont pas compris.

— Comment ça ? Tu nous chasses ? s'est indigné l'Américain.

L'Italien se retenait de rire, il m'a désignée du doigt.

— Elle est défoncée ?

Elles se marraient pas les chéries. Pas du tout du tout. Zaninka, qui apprenait par Coco, là, qu'eh bien c'était fini avec son Enzo, s'est également mise debout.

— Allez les garçons ! Soyez gentils, pliez bagage.

Les mecs dèh. Ils ont grommelé. Matt s'est versé un café et rassis près d'Enzo dans le canapé. Elles ont pété un plomb ! La sentinelle suivait la scène, depuis la porte d'entrée. J'étais à la même place. Je ne pleurais plus. J'étais dépassée. Il y avait quelque chose de surréaliste. Aussi, cette entente radicale de faire bloc autour de celle d'entre nous frappée au cœur.

Zaninka a couru vers Enzo et rassemblé dans le désordre les documents épars en lui criant d'aller faire son sac. L'Italien dèh. Il nous a copieusement insultées ! J'en ris en t'écrivant.

Coco s'est offusquée.

— Ils ne sont pas contents en plus ! Allez, messieurs ! On se dépêche !

Le veilleur était maintenant au milieu de la pièce, en plein jeu de quilles. Zaninka lui a expliqué en kinya la situation.

— Les étrangers refusent de quitter notre domicile.

Le gardien a claqué des doigts et montré aux *étrangers* la porte du couloir, pour aller empaqueter leurs affaires. Il répétait *Police ! Police !*

Lawurensiya, je t'épargne les détails et les injures. J'étais rentrée de Gisenyi vers 17 heures. La sentinelle a aidé Matt et Enzo à charger leurs véhicules respectifs. Ils sont sortis de la maison sans un mot, sans nous saluer. Ça a heurté Coco ! On a entendu le portail se refermer et le gros cadenas rebondir dans la charnière. Il était 18 h 15. L'obscurité est tombée, d'un coup. C'est vrai, nous avions besoin de faire corps. Les chéries m'ont encouragée à aller à Abidjan.

— Pour en finir. Pas d'illusions, Erika, il n'abordera même pas le sujet. Tu les connais. *Courage, je me barre.* Erika wacu, *byemere* !

## Même jour, dimanche 30 décembre, 18 heures

Mardi matin, sept mois et dix-sept jours depuis le *C'est horrible* de Vincent.

Lawurensiya.

*Afande* Thomas Mukunde m'a fait signer les divers documents officiels dans son bureau. Il m'a remis une enveloppe avec la copie de ma déclaration, celle de Freddy et notre audio. Je l'ai remercié avec effusion.

Il a posé ses petites mains sur la table et souri.

— *Afande*, j'ai une requête à vous adresser.

— Avec plaisir, Erika. Si ce n'est pas de l'argent.

Il m'a arraché un sourire.

— *Afande*, convoquez Karatéka, s'il vous plaît. Racontez-lui l'audition, la vérité, mais sans évoquer Vincent. Rassurez-le quant à ma supposée affaire avec Gaspard. Vous aviez raison. Vincent se marie et souhaite un dernier rendez-vous à Abidjan. J'irai, malgré le désaccord de mon entourage.

Le Thomas Mukunde. Il a rejeté la tête contre le dossier. S'est frotté les yeux des poings. Il s'est tourné vers moi.

— J'appellerai Karatéka. Concernant Vincent, la question avec laquelle être claire c'est *Pourquoi vas-tu y aller ?* Pourquoi, Erika ?

— Parce que je l'aime et qu'il me le demande. Voilà.

— Il est correct, ce type, tu sais. Il se connaît. Il t'aime. Il te quitte avant de te cogner. *Kabisa*, il doit être insupportable à vivre ! L'issue de vie à trouver, il a raison. C'est valable pour toi aussi, pour nous tous. *Byemere*, Erika !

Il était touché.

— Vous, *Afande*, c'est laquelle votre issue ?

Il a soupiré, coude droit sur la table, menton sur le poignet. Plissé la bouche dans une moue de doute, d'ignorance.

— *Kabisa*, c'est être ensemble.

J'ai tapé du poing sur la table avec énergie ! *Turi kumwe, Afande !* On est ensemble ! Merci !

Je suis sortie. Encore dans le parking du Rwanda Investigation Bureau, j'ai appelé James.

— Mon Jaja, c'est okay pour Vincent. Dis-lui d'envoyer les infos pratiques, s'il te plaît.

À midi, Vincent a transféré un billet d'avion et ses coordonnées locales. Départ vendredi à l'aube. Dans trois jours.

Sport à Amahoro. Manzi n'était pas là. Comme d'habitude, le mardi, dîner avec James. En plein repas, Manzi a débarqué. Il sortait de la PJ, du bureau d'*Afande* Thomas. James a blêmi.

— Ah bon ! Que voulait-il ?

— Des vérifications sur nos activités de karaté. Me faire lire l'audition de Freddy. J'étais au courant de tout. Un mec bien, l'*Afande*. Nesquik, tu as raison.

Il a commandé un whisky glace, détendu.

— Nesquik, l'*Afande* m'a suggéré de te persuader de quitter le pays trois ou quatre semaines pour souffler et ne pas subir la Claudia. Aller en Françafrique chez ta sœur, par exemple ? Ou à Bruxelles ?

— Oh !

James a rebondi.

— L'*Afande* a raison ! La Claudia risque d'être fort énervante.

Manzi a allongé les jambes et s'est caressé distraitement le ventre.

— J'ai faim, en fait. Erika, pour être honnête, ça m'arrangerait. La compétition est prévue dans un mois. Je voudrais m'entraîner à fond. Ce serait bon pour le moral de l'équipe d'instructeurs d'être sélectionnés, au moins l'un de nous. Moi, de préférence !

On a ri. J'ai eu les larmes aux yeux, de gratitude, pour Thomas Mukunde.

— Ça me plairait. Il y a un vol pour Abidjan les vendredis.

— Elle est pas en Françafrique, Lawurensiya ?

— Si, RwandAir fait Abidjan-Dakar-Françafrique.

— Nesquik, prends-le vendredi et à ton retour c'est fini de chialer ! Okay ?

J'ai tout promis.

## Dimanche, 21 h 30

Lo. Voilà.

Jeudi, à L'Église. Mzee Idelphonse m'a soutenue. Il s'est mouché.

— Vincent est incapable d'aimer. Il le sait. Mon enfant, il te libère avant de te cogner. C'est courageux. Ne tarde pas là-bas, mon Angélique.

Maman Colonel, Tonton et James étaient à cran.

— Vincent, un sale type. Un égoïste.

J'ai textoté à Freddy et à Damien. *Vacances auprès de Lawurensiya.*

En soirée, seule à la maison, j'ai rangé de fond en comble ma chambre. J'ai entreposé mes affaires dans la partie droite du placard mural. Me barrer. Abidjan, puis n'importe où en Afrique. Voilà. J'avais trois cents euros d'économies. Manzi me remettrait une enveloppe. Ainsi sont nos hommes.

J'étais censée partir chez toi, donc pas besoin de m'encombrer. J'ai ouvert un trolley sur mon lit. Enroulé dans un foulard ma Bible, *This is Rwanda*, l'album de Gaël et Philippe. Trois kilos, mensurations trente-trois centimètres sur vingt-cinq. Une paire de sandales pour moi. Des hauts talons pour Vincent. Deux petites robes pour moi. Un jean et un chemisier blanc pour Vincent. Des sous-vêtements pour moi. Une crème corporelle sur ma nudité pour Vincent. Mon petit short en jean et mon sweat-shirt turquoise pour nous deux. Des maquillages pour moi. Du démaquillant pour Vincent. Mon ordinateur pour toi, pour t'écrire.

James est venu me chercher pour me déposer chez Manzi. Nous n'avons pas échangé un mot de Kimihurura à Remera. Il a refusé de sortir du véhicule.

— Casse-toi, ne remets pas mon bonjour à Vincent et dépêche de rentrer !

Manzi. La nuit.

Manzi. Le lendemain, à Kanombe. À l'aéroport.

— Erika, je veux notre enfant. Une fille.

Il a extrait ma valisette du coffre et glissé un paquet de dollars dans la poche avant de mon sac à dos.

Je me suis collée à lui. Tout à coup, jambes chancelantes.

— Allez, Nesquik !

## Kigali, lundi 31 décembre 2018

Lawurensiya.

Je me souviens de la voix aimable de l'hôtesse annonçant l'atterrissage à Abidjan.

Je me souviens des embruns humides sur mon visage à la descente de l'avion, de la luminosité.

Je me souviens de mes hauts talons sur le tarmac, de mon sac à dos et du trolley.

Je me souviens de la joyeuse cohue à la sortie, du bruit, de la chaleur, des exclamations.

Je me souviens du sourire de Vincent, de ses étoiles noires éblouissantes.

Je me souviens d'avoir posé mes bagages n'importe où, du *M'enfin, madame !* d'un Blanc.

Je me souviens comment Vincent m'a sanglée à lui.

Je me souviens de mon sanglot terrible et du calme dans le corps de Vincent.

Je me souviens des mains si douces de Vincent sous ma blouse.

Je me souviens de m'être mise sur la pointe des pieds pour sniffer sa peau dans l'échancrure.

Je me souviens de la chambre ouverte sur l'Atlantique, de la climatisation,

Je me souviens de Vincent déboutonnant sa chemise et me hissant contre un mur.

Je me souviens du goût chaud de ses lèvres, de l'haleine de tabac mentholé et de café, de ses épaules si dures et tendres, de *Bleu* sur lui, de ses chuchotis en kinyarwanda, de sa peau, de ses petits bourrelets, de la pulpe de ses doigts, de leur lenteur. Je me souviens de sa langue sur mes reins, de ses fesses charnues, de sa peau, de sa cambrure, de sa légère transpiration.

Je me souviens de la joue si douce de Maman sur mon ventre le dernier jour des vacances de Noël 93,

Je me souviens de son adjuration à être consciente de l'existence des Tatas, d'être reconnaissante pour tout leur amour.

Je me souviens de la bouffée déchirante de gratitude dans mon être, d'avoir été aimée par Vincent, d'avoir eu la conscience aiguë de cette vérité et d'en ressentir l'éternité.

Je me souviens de la bouffée déchirante de gratitude dans mes entrailles pour l'enseignement de ce pays infernal : on survit à l'agonie des siens, à la violence de leur absence parce que la vie n'en a cure de la mort et se suffit à elle-même.

Je me souviens de la bouffée déchirante de gratitude dans mon ventre pour ces hommes revenus du front, en captivité mentale dans le pays qu'ils ont libéré.

Je me souviens des *ceceka*[1] de Vincent,

Je me souviens de ses *Je vais pas arriver à me retenir*.

Je me souviens de la Voûte céleste, celle de Vincent, la mienne, la nôtre.

---

1. « Tais-toi ».

Je me souviens de nos errances sur la plage, des anecdotes portuaires de Vincent, de son amitié avec Gengis, de leurs potes du foot.

Je me souviens d'une terrasse où la clientèle s'est amusée du rire si communicatif de Vincent, quand je lui parlais d'un gars disant de Thomas, *Le type devait mourir, rien à faire c'était son jour !*

Je me souviens de mon hurlement de colère, debout, dans un resto français chic, quand Vincent m'a appelée *Erika*, pour la première fois en huit ans, je te le jure Lawurensiya, je te le jure sur Thomas, le père, les Tantes, Maman, mes neveux, Simon et les siens, pour la première fois Vincent m'a appelée par mon prénom.

Je me souviens de sa justification, *Ça me fragilise de te nommer.*

Je me souviens d'un métis dans un night-club, demandant à Vincent *Je peux zouker avec ma Sista, ta femme ?* Je me souviens de Vincent lui broyant le biceps d'un *Tu préfères pas danser avec moi ?*

Je me souviens d'avoir joui de *jouir pour vivre pas pour ne pas mourir*. Je me souviens d'avoir fantasmé l'autodafé de l'Évangile selon saint James.

Je me souviens de la seconde nuit. Celle où,

Vincent s'est rendu.

Je me souviens de notre transat sur la plage, du brassage de l'eau par le vent et les courants, du ressac de l'océan sur les rochers, du vin blanc bien frais et de nos clopes.

*Erika, j'ai des rêves obsédants de vider une kalachnikov dans ta gueule, la tentation obsessionnelle de t'étouffer sous mon poids dans le love, qu'enfin cesse la hantise de te perdre.*

Je me souviens des *Il te cognera* de Mzee Idelphonse et *Afande* Thomas.

Je me souviens de la stratégie de survie et de vengeance sociale de Vincent, théorisée en trois points à Abidjan : *séquestrer le sensible, se shooter aux endorphines du sport, s'arrimer à la vanité consumériste.*

Je me souviens de Vincent à propos de son mariage, *Un cadre structurant vide de contenu*,

Je me souviens de Vincent à propos de son mariage, *Le confort inouï d'un corps sans cadavres*,

Je me souviens de Vincent à propos de son mariage, *La sécurité inouïe de ne pas aimer.*

Je me souviens de mon étoffe fuchsia dans le filet intérieur de sa valise.

Je me souviens de nos éclats de rire !

Je me souviens de la suavité de sa peau, de cette manière à lui d'entortiller mes mèches.

Je me souviens de la dernière demi-heure avant l'arrivée de son taxi.

Je me souviens de la couleur ciel et de la texture en lin de sa chemise lors de son départ.

Je me souviens d'avoir inséré dans la housse de son ordinateur une épaisse enveloppe brune, soi-disant de James, en fait le dossier d'incarcération de Gaspard, l'homme à l'initiative de leur mort.

Je me souviens de m'être rappelé l'oraison funèbre de Maman le dernier jour des vacances de Noël 93,

Je me souviens de sa joue si douce sur mon ventre.

Je me souviens des Tantes, de ma Gaudé, de Thomas, de toi, du père, des nôtres, de mes *bavandimwe*, de la somptuosité du pays.

Je me souviens, à l'appel de la réception, de m'être agrippée au *De profundis* de ma Magnifique le dernier jour des vacances de Noël 93.

Je me souviens de la puissance de ton *Lâche prise et arrête de vouloir le posséder !*

Je me souviens de ma suffocation entre mon amour *Fou de Vincent* et la violence de libérer une issue à sa vie,

À la nôtre,

Contre la mienne.

# GLOSSAIRE

Les termes et expressions ci-dessous sont issus du kinya, sauf dans les cas spécifiés autrement.

Afande : appellation respectueuse à l'adresse d'un militaire ou de celui-ci envers sa hiérarchie.

Baragushaka : « Ils te veulent » ou « Ils te cherchent ».

Bavandimwe : littéralement, « nés du même ventre ». Par extension, les amis intimes, les proches.

Birayi, ibirayi, ikirayi : « pomme de terre ».

Byemere : « Accepte ça ! »

Byose bibaho : « Tout existe. »

Ceceka : « Tais-toi. »

Dufite inyota cyane : « On a très soif. »

Dukomeze : « Continuons. »

Gacaca : juridictions traditionnelles au Rwanda.

Gufata kungufu : « violer ». Littéralement, « prendre de force ».

Guswera : « forniquer ».

Hutukazi : « femme hutue ».

Ibitero : « attaques en masse ».

Icyitso : « espion ».

Imana : « Dieu ».

Imana imube hafi : « Que Dieu veille sur lui », « soit à ses côtés ».

Inkotanyi : soldats de l'Armée de libération pendant la période du génocide des Tutsis (1990-1994).

Interahamwe : milice génocidaire.

Intsinzi : « La victoire », chanson de la Libération, écrite par Mariya Yohana.

Inyenzi : « cancrelat », « cafard ». Terme utilisé pour déshumaniser les Tutsis.

Inzoka : « serpent ». Terme utilisé pour déshumaniser les Tutsis.

Kabisa : « vraiment ».

Karibu : « Bienvenue ! »

Keba na yo : « Fais attention à toi », en lingala.

Kurongora : peut vouloir dire « se marier » ou « baiser ».

Mabere ya nyoko : « imbécile », « idiot ». Contraction de *Urakarya amabere ya nyoko !* : « Que tu manges les mamelles de ta maman ! »

Mama shenge : expression affectueuse.

Mayibobo : enfant des rues.

Mbabarira : « Pardonne-moi. »

Mudugudu : « quartier ».

Muganga muzungu : « médecin blanc ».

Muhe igituba ariko : forme très crue de « Donne-lui le vagin ».

Mukubite umwice : littéralement « Frappe-le à mort ! ». Lieu de beuveries.

Muzungu : « blanc ».

Mwana wanjye : « mon enfant ».

Mwaramutse neza : salutation matinale.

Mzee : contraction de *muzehe*, qui signifie l'âge et/ou le respect accordé à quelqu'un.

Mzee wacu : « notre vieux » et/ou « sage ».

Ndabura icyo mvuga : « Je manque quoi dire », pour « Je ne trouve pas les mots ».

Ndagusaba imbabazi : « Je te demande pardon. »

Ni wowe nshaka : « C'est toi que je veux. »

Noheli nziza : « Joyeux Noël ! »

Nta kundi : « C'est comme ça. »

Shenge disi : terme affectueux.

Sibyo se : « N'est-ce pas ? »

Tangawizi : thé noir au gingembre frais avec sucre et lait.

Tugende : « On y va. »

Turi kumwe : « On est ensemble. »

Umva : « Écoute. »

Wacu : « notre », « à nous ».

Wanjye : « à moi », terme affectueux.

Wapi : « Que nenni ! »

Waragi : de *war gin.* Gin frelaté originaire d'Ouganda.

Zoba : « idiot », en lingala.

# Table

DE LA MÊME AUTRICE :

*Gêneurs de survivants ! La question du génocide des Tutsi*, espace de libertés, 2012

PAPIER À BASE DE FIBRES CERTIFIÉES

Le Livre de Poche s'engage pour l'environnement en réduisant l'empreinte carbone de ses livres. Celle de cet exemplaire est de :
150 g éq. $CO_2$
Rendez-vous sur www.livredepoche-durable.fr

Composition réalisée par Lumina Datamatics, Inc.

---

Achevé d'imprimer en France par
CPI BRODARD & TAUPIN (72200 La Flèche)
en janvier 2024
N° d'impression : 3055296
Dépôt légal 1re publication : février 2024
LIBRAIRIE GÉNÉRALE FRANÇAISE
21, rue du Montparnasse – 75298 Paris Cedex 06